JN191168

登場人物紹介

Characters

オニキス
ティナ

魔法陣に手を伸ばして魔力を流した瞬間、
壁から何かが外れるような音が聞こえてくる。

「あー、つまりは隠し金庫的な？」

目次 Contents

忘れられ令嬢は気ままに暮らしたい 1

Wasurerare Reijou ha Kimamani Kurashitai

はぐれうさぎ　イラスト：potg

プロローグ

朝日が昇り始めた早朝、住み慣れた屋敷から荷物が運び出されていく。

先日お母様が亡くなった。その葬儀や諸々(もろもろ)の手続きが終わり、私はこの屋敷を出ていくことになった。

なんでも、父であるラビウス侯爵に嫁いできた第四夫人が新しくこの屋敷に住むことになるらしい。

第四夫人は王族の一人で、先代の国王陛下が年を召してからできた娘だそうだ。で、この遅くにできた娘を先代の国王陛下は大層可愛(かわい)がられ、甘やかして育てたらしい。

その結果、まさに王女様といった女性に育ったのだとか。もちろん、悪い意味での王女様だ。

一応、私も第四夫人と同居するかということを聞かれたのだけれど、彼女に対する色々な噂(うわさ)を聞いていたこと、さらに子連れだということで丁重にお断りさせていただいた。

まあ、仮にも現国王陛下の妹にあたる人が第四夫人という立場で嫁いでくるという時点でお察しだろう。というよりも、子連れの再婚という事実に驚きを隠せない。よくもまあ、その前に嫁いでいた家は王女様を出戻りにできたものだ。

そんな事情もあって、私は住み慣れた屋敷からまだ見ぬ新居へ旅立つということになったわけだ。

「フェリシア様、荷物を積み終えましたので確認をお願いします」

運び出されていく荷物をぼんやりと眺めながら考え事をしていると、侍女のエリーから声をかけられた。

今も屋敷の中から応接用のソファが運び出されているけれど、それらが私の引っ越し先へと運ばれるわけではない。単に、第四夫人が私やお母様が使っていた家財道具を気に入らなかったので、屋敷の中を総入れ替えするために運び出されているだけだ。引っ越し先には家財道具一式がそろっているらしいので、私が持っていく荷物はほとんどなかったりする。

「問題ないわ」

荷物の積まれた馬車へと向かい、荷物に問題がないことを確認して脇に控えるエリーへと伝える。

引っ越しのための荷物ではあるものの、家財道具は必要ないので積み込まれている荷物は私の身の回りの品だけだ。それも、まだ二桁の年齢にも達していない少女の荷物なので本当に少ない。

一応、私も侯爵家の娘ではあるのだけれど、庶子であったためパーティーなどの催しにはほとんど出席することがなかった。そのため、貴族家の令嬢が持っているようなドレスや宝飾品の類はほとんど持っていない。

まあ、それでも数少ないそういった衣装はかさばってしまうので荷馬車が一台つぶれる程度の量にはなっているのだけれど。


「では、フェリシア様も馬車へお願いします」

報告に向かっていたエリーが私のもとに戻ってきてそう告げる。

荷物だけでなく、私とともに移動する者たちの準備も終わったようだ。私が移動用の馬車へと乗り込めば、すぐにでも出発ということになるのだろう。

そう考えて、改めて屋敷へと振り返る。

生まれてからの七年を過ごしてきた屋敷だ。色々と思い出が……、思い出があるはずなのだけれど、真っ先に浮かんでくるのが勉強と訓練の思い出ばかりというのはどうなんだろう？　お母様と楽しくお茶会をしたり、散歩に出かけたりもしたはずなのに。

……あぁ、どちらも最終的に勉強や訓練になってしまったから思い出が塗り替えられているのか。

まあ、平民で元冒険者だったお母様は色々と苦労したそうなので、私に対しては英才教育を施して将来に備えさせたかったのかもしれない。うん、きっとそうだ。

……ダメだ、自分をごまかし切れない。あれは、どう考えても幼い少女に対する勉強量や訓練量ではなかった。娘に対する気の使い方が間違っているよ、お母様……。

過去に思いを馳(は)せた結果、どんどんと目から光が失われていくのを自覚し、意識を現在へと切り替える。

気づけば、馬車の近くにエリーをはじめとした私の世話をしてくれていた侍女や使用人が並んでいた。

「エリーもみんなも今まで本当にありがとう」

一人一人の顔を確認しながら言葉に出して感謝を伝える。

一応、貴族教育を受けた身としては侍女や使用人に対して頭を下げるのは問題なのだろうけれど、今日くらいはいいだろう。それに、ラビウス侯爵家の家名を名乗ることを許されたとはいえ、所詮は庶子である私に対して、隔意なく誠実に接してくれた彼女たちに感謝しているのは私の紛れもない本心だ。

お母様も私を産んでからは体調を崩しがちになり、寝込むことも多かったので、彼女たちには本当に世話になった。

そんな彼女たちは、新しくやってくる第四夫人とその子供のためにこの屋敷に残ることになっている。なので最後になるであろう今、きちんとお礼を言っておきたかった。

「フェリシア様もお元気で」

下げていた頭を上げ、馬車へと向かおうとする私にエリーからそう声をかけられる。

見ると後ろにいる使用人たちも心配げな顔をしている。そんな彼らに対し、私は精一杯の微笑(ほほえ)みを返してから背を向けて歩き出した。

第一章　新天地へ

第01話　道中の考え事

「暇だ……」

領都を出るまでは、のんびりと小さな窓から見える街の風景を眺めていた。領都を出てからも、しばらくは普段目にすることのない街の外の風景を見て楽しむことができた。

けれど、それも長くは続かない。

当たり前だ。いくら物珍しいからといって、同じような風景が数十分も続けば飽きもする。

「明日から、いや、今日の午後から何か暇をつぶせるものを用意しよう」

見飽きた風景が流れる窓から目を離し、一人決意する。

ただ、荷物として積み込んだ本は既に読んだものばかりだし、できるとすれば刺繡(ししゅう)か編み物くらいだろうか。それ以外だと諦めて昼寝をするくらいしか思いつかない。一応、馬車の御者たち以外にも騎乗した護衛が周囲に付いているけれど、彼らと話をするわけにもいかないだろうし。

「とはいえ、次の休憩かお昼になるまでずっとこのままというのもね……。そういえば、新居の前住人は結構な変わり者だったらしいけれど、変人と呼ばれるような人が残したお屋敷ってどんなところなんだろう」

軽快に走る馬車の小気味よい揺れを感じつつ、ふと抱いた新居に対する疑問に対して事前に聞いた情報を思い出してみる。


新居がある場所は、ラビウス侯爵領の外れにある魔の森近くの町だと聞いている。ラビウス侯爵領は王国の端に位置するので、いわゆる辺境と呼ばれる地域だ。

そして、新居となる屋敷については、何代か前の侯爵家当主の弟が使用していたらしい。なんでも、彼は相当な研究バカだったらしく、静かな環境と研究資源となる素材を求めて、辺境の森の調査という名目で資金を奪い取っていって屋敷まで建てたのだとか。

一応、森から採れる素材の調査は捗（はかど）ったらしいので、最低限の成果自体は出していたのだとは思う。実際、そのおかげで、屋敷のある町は素材を求める冒険者たちでそこそこ潤っているらしいし。

ただ、辺境の森に冒険者たちが集まり出してからは、ほとんどの時間を自身の研究に使うようになったらしいけれど。

まあ、研究の片手間の調査で自家に利益をもたらす成果を出していたのだから、優秀な人だったのだとは思う。単に研究バカだったというだけで。

で、そんな人が残した屋敷には、当時の研究資料などが残されたままらしい。

何故整理もされずに放置されたままになっていたのかは謎だけれど、まあ、辺境の屋敷を片付ける手間を惜しんだのかもしれない。あるいは研究資料に価値を見出さなかっただけか。

どちらにせよ、今回のことがあるまで前住人がいなくなった状態のまま放置されていたというお屋敷だ。さすがに今回のために何の手も入っていないということはないだろうけれど、どんな状態になっているのやら。

「……とりあえず、まともなお屋敷だといいのだけれどね」

正直、研究バカと呼ばれるほどの変わり者が建てた辺境のお屋敷ということもあって、どちらかというと期待よりも不安の方が大きいかもしれない。

一応、新居にも屋敷を管理してくれる使用人がいるはずだけれど、どこまで期待できるのか。

わざわざ侯爵家から資金を分捕ってまで研究に没頭したというのだから、屋敷の中が膨大な研究資料で溢れかえっている可能性だってある。実際、当時の研究資料が残されたままというのも、単に手の付けようがなかっただけかもしれないし。

「とはいえ、結局のところは実際に屋敷を確認してみないことにはどうしようもないのよね。単に考え過ぎという可能性だってあるのだし」

まあ、色々と不安なところもあるけれど、残されているという研究資料なども気になったりするしね。もしかしたら、私にとって実は素晴らしいお屋敷という可能性だってあるのだし。

最終的にそんな結論を出し、新居に対する思案を終えることになった。


しばらく新居に思いを馳せてみたものの、残念ながら馬車の窓から見える景色に変化はなかった。休憩やお昼の時間もまだみたいだし、どうやらまだまだ暇な時間が続くみたいだ。

「はあ、こんなに暇を持て余すのは赤ちゃんだった頃以来かも……」

お母様が亡くなってからずっと忙しかったこともあり、やることがない時間というものをつい持て余してしまう。もしかしたら、お母様が亡くなったことや環境が変わることに対する精神的なものもあるかもしれないけれど。

「あの頃はどうやって暇をつぶしていたんだっけ？」

あの頃。

生まれ変わったことに気づいて、自分の置かれた状況に戸惑っていた頃。赤子の身体では言葉を話すことはもちろん、自由に動くことすらできなかった。

できたのはただ泣き声を上げて、周囲へと訴えることだけ。そうするとお母様が私を抱き上げてあやしてくれたっけ。

お母様の腕の中に抱かれていると、理解の追いつかない状況に対する戸惑いや不安がきれいに消えていった。

「お母様……」

結局、昔のことを懐かしんでいる間に眠ってしまっていたようだ。昼食のために休憩を取る際に、護衛の人に声をかけられて目を覚ました。

寝起きのぼんやりとした思考のまま昼食を受け取り、馬車の中でそのまま食事をとることになった。で、そうしているうちに荷物から暇つぶしのための道具を取り出してもらうように頼むのを忘れていた。

そのことに気づいたのは、休憩を終えて馬車が動き始めてからだ。

「やってしまった……」

思わず後悔の言葉が出てしまうけれど、もはや手遅れだ。移動中も適宜休憩が挟まれるとはいえ、さすがに馬車から荷物を降ろすような時間はない。

まあ、目的の物がどこに積まれているのかがはっきりとわかっていれば不可能ではないけれど、あいにくと荷物を積み込んだのは私ではない。さすがに短い休憩の間に荷物をかき分けて探し出せなんてことは言えないし、今日のところは諦めるしかないようだ。

「仕方ないし、これからのことでも考えましょうかね」

そうつぶやき、これからのことについてぼんやりと考えながら、移動初日の道中を過ごすことになった。

第02話　新居

「予想以上に賑わっているのかな？」

町へと続く行列を見て、そんな感想がこぼれる。

馬車に揺られること三日、とうとう新居がある目的の町へとたどり着いた。

冒険者たちが多いとは聞いていたけれど、短いとはいえ入るのに行列ができるような町だとは思わなかった。並んでいるのは商人の馬車みたいなので、単に商人たちの一行にかち合っただけという可能性もあるけれど。

とはいえ、これだけの馬車が来る程度にはこの町が賑わっていることは間違いないはず。まあ、これからこの町に住むことを考えると、寂れた町よりは賑わっている町の方がうれしいので、歓迎すべき光景かもしれない。

「やっぱり冒険者が多いみたいね」

特に問題なく門を通過し、通りを進む馬車の窓から町の様子を眺めてつぶやく。

あまり領都の屋敷から出かけることがなかったので確かなことはわからないけれど、行き交う人の数は領都と変わらないかもしれない。ただ、領都とは違って行き交う人の多くが腰に武器をぶら下げているので、その多くが冒険者と呼ばれる人たちだと思う。

そのことを意識して改めて町の様子を見ていると、宿屋や食事処(どころ)、酒場の看板を掲げた店が多いことに気づく。やはり、町自体が冒険者を中心としたものになっているのだろう。


「あれ？」

ぼんやりと町の様子を眺めながら馬車に揺られていると、馬車がゆっくりと停止した。

目的地に着いたのかと外を確認するも、目に映るのは何故かこの町に入るときにも目にした外壁。

思わず疑問の声も出るというものだ。

どういうことなのかと悩んでいる間に、再び馬車が動き出す。

そして、そのまま町を囲む外壁をくぐり抜け、町から離れるように進み出した。

「えっ？　えっ？　本当にどういうこと？」

驚きにまたしても疑問の声を漏らすが、御者台にまでは聞こえていないのか、答えが返ってくることはなかった。

「お嬢様、屋敷に到着しました」

内心の不安をよそに馬車はどんどんと進んでいき、国境となっている未開の森が見えてくる。嫌な予感が大きくなっていく中、馬車はゆっくりと森へと近づいていき、森の中の道を進んだ先に一軒の屋敷が見えたところで御者のベイルから声をかけられた。

信じたくないという思いを抱えつつも、しっかりと自分の足で停止した馬車から降りる。

目の前には森の中には不似合いな立派な屋敷があった。

「思っていたより大きいのね」

周囲の森のことはあえて無視して、目の前の屋敷について感想を述べる。

おそらく、今まで住んでいた屋敷と同じかそれよりもやや大きいくらいなのではないだろうか。

正直、使用人たちが一緒に住むとはいえ、私一人のために用意するには大き過ぎる気がする。

実は私が知らないだけで、他にも似たような境遇の子供がやってきたりというような話だったりするのだろうか。私よりも幼い弟や妹には、妾(めかけ)の子もいるという話らしいし。

「では、屋敷の中をご案内します」

ぼんやりと屋敷を眺めたままそんなことを考えていると、ベイルから声をかけられる。

こちらを確認してから屋敷へと歩き出す彼に続き、私も馬車に持ち込んでいた荷物とともにその後へと続いた。

ベイルに続いて屋敷へと入ると、そこは貴族家の屋敷らしく吹き抜けの玄関ホールとなっていた。

正直、こんな辺境の森にある屋敷にそんなものが必要なのかと疑問を覚えるけれど、きっと見栄(みえ)を張るのはもはや貴族としての本能みたいなものなんだろう。そんなことを考えつつ、一階を案内される。

無駄に広い食堂にキッチン、使用人用の部屋、後は応接室が二部屋あった。一応、私が住むことになるということで改修工事の手は入っているらしく、キッチンの水回りなどは新しくなっていた。

ただ、時間がなかったからか費用をケチったからかはわからないけれど、手が入っているのは最低限らしく、応接室などはそのままの状態で放置されていた。

具体的に言うと、二部屋あるうちの一部屋が完全に物置と化していた。おそらく、一部屋を使えるようにするためにもう片方の部屋を諦めて荷物を詰め込んだのだと思う。

一階を回った後は二階へと移動する。こちらには屋敷の主人のための執務室に主寝室、それに客室が三部屋あった。

一応、私が主人になるということで執務室と主寝室が片付けられていたけれど、はっきり言ってあんな広さはいらない。正直、私にとっては客室の広さでも広いくらいだ。

その後、最後に向かったのが地下室。

この地下室は二部屋あって、片方は備蓄などに使われる倉庫になっているようだ。まあ、食材だけでなく屋敷の維持管理に必要な道具なんかも置かれているみたいだけれど。私が見に行ったときには、馬車に積まれていた備蓄用の小麦などが収められた後だった。

そして、もう一つある地下室は実験室だった。

以前の住人が研究者だっただけあって、何に使うのか一目ではわからないような雑多な道具が転がっていた。ちなみに、この地下の実験室がこの屋敷で一番大きな部屋だったりする。


「では、我々はこれで失礼させていただきます。できれば、この屋敷の使用人が到着するまで残りたかったのですが、何分予定が詰まっておりますので」

「いえ、引っ越しを手伝ってもらえただけでも十分です。屋敷が無駄に広いところが落ち着かないですが、心配しなくとも一人で待つくらいのことはできますので」

屋敷の確認を終え、簡単な昼食をとってから一階の応接室で休んでいると、ベイルが私に向かって辞去の言葉を述べてきた。

ベイルが用意してくれた食後のお茶を飲みながらまったりとしていたのだけれど、彼らは私のようにゆっくりするような暇もないくらい忙しいらしい。

正直、馬車で三日もかかるのだからお茶の時間くらい誤差だろうと思ったりもするのだけれど、無理に引き留めることもためらわれる。彼が言う通り、屋敷の使用人が到着するまではと思わなくもないけれど、それを口にするくらいには本当に忙しいのだろうし。なので、私にできるのは、礼を述べて引き留めることなく見送ることくらいだ。

手に持っていたカップを置いて、部屋を出る彼の後に続く。

「では、失礼します」

屋敷の外まで見送りに来た私に対し、丁寧に頭を下げてからベイルが御者台へと乗り込む。それを見ながら、そういえばベイルたちのことをほとんど聞かなかったなという思いが浮かぶ。

一応は主家筋の人間と使用人という立場だったとはいえ、ここまで三日もともにいたのだからお互い薄情なものだと思う。

結局、彼らのことは名前と本宅の使用人たちだということくらいしか知ることがなかった。そんなことを考えながら、敷地を出ていく馬車を見送った。


「とりあえず、屋敷についてはまともだったのかな」

応接室へと戻り、一人になった寂しさを紛らわすようにつぶやく。

移動初日に考えたように、実際にこの屋敷を見るまでは変わり者の研究バカが建てたという屋敷について不安に思う気持ちもないではなかった。

けれど、実際にたどり着いてみると、町の中ではなく町から離れた森の中にあるということ以外は思ったよりもまともな気がする。

「いやまあ、森の中にあるという時点で相当にダメな気もするけれど」

とはいえ、屋敷が建てられている敷地には結界が張られているようだし、買い出しなどが不便だということ以外はそこまで気にしなくてもいいのかもしれない。そもそも、買い出しなどは使用人たちが行くことになるのだろうし。

「そうなると、残る問題は父であるラビウス侯爵がこの屋敷で私をどうしたいのかということかな」

まあ、一番の目的は新しく嫁いできた元王女様から遠ざけることだったとは思う。けれど、それ自体は私がこの屋敷に移住してきたことで果たされているはずなので、その次の目的として何を求められるかという話だ。

「なんとなく、政略結婚の駒として使うための教育みたいなものを受けることになると思っていたのだけれどね」

一応、領都の屋敷にいた頃にも簡単な貴族教育的なものは受けていたし、順当に考えるのであればこの屋敷でも同じような教育を受けることになるのだと思っていた。

けれど、それにしてはこの屋敷の環境が微妙過ぎる。

いやまあ、もともとの目的を考えると当たり前なのだけれど、どう考えても隠居するためのお屋敷という感じなんだよね。ひっそりと暮らすことを目的にしているというか、貴族的な要素がほとんど見られないという感じで。

「まあ、これから環境が整えられるという可能性もあるけれど」

とはいえ、現状の屋敷の様子を見るにその可能性は低い気がする。明らかに屋敷の改修のためにかける労力がケチられているので、私にかけられている期待というのもそれ相応なのだと思うし。まあ、そもそも私はラビウス侯爵家の六女で、上には男女ともに五人の兄、姉がいるからね。加えて、下にも弟、妹がいて、今後も増えそうな気配があるのだから、妾の子である私のことは必然的に後回しにされるはず。

そう考えると、私の将来については、下位貴族か有力な商家に嫁がされるというのが有力なのかもしれない。まあ、ラビウス侯爵家は色々なところと縁をつなぐことで栄えてきたらしいから、いきなり変わったところが嫁ぎ先として候補に上がるかもしれないけれど。

「……どちらにせよ、今の段階で色々と考えても推測の域を出ないのよね」

正直、今の段階では色々と考えてみたところで確かなことはわからない。結局は父であるラビウス侯爵の考え次第ということになってしまうのだから。

「であれば、遠い将来のことより、目の前にあるこれからの生活について考えた方がいいかな」

さっきも考えたように、この屋敷でガチガチの貴族教育を受けさせられることはないと思っている。つまり、領都の屋敷にいた頃よりも自由になる時間が増えるかもしれないということだ。

将来的な自由が期待できない以上、今のうちにやりたいことをやるくらいのつもりでいいのかもしれない。

お母様の意向によって侯爵家の娘としては珍しいくらいに様々なことを学んできているし、その色々をここでの生活で実践していくというのも悪くないかもしれない。

第03話　地下室

「さて、使用人の人たちが来るまでにもう一度屋敷を見回ってみようかな」

新しく用意したお茶を飲み終え、これからの予定を決める。

できればのんびりと将来のことを考えている間に使用人たちが到着してくれれば良かったのだけれどね。残念ながら、未(いま)だに到着していないので暇つぶしを兼ねて屋敷を回ることにした。

ちなみに、使用人たちの到着予定時間は特に決まっていなかったらしい。ただ、私たちが今日の午前中に屋敷に到着する予定だということは知っているはずなので、ベイルは昼頃には到着するだろうと思っていたみたいだ。

けれど、昼を過ぎた今になっても使用人たちはやってこない。

まあ、私たちと別行動という時点であまり細かいことは気にしても仕方ないのかもしれない。この世界には携帯電話のような簡単に連絡を取り合うことができる道具は存在しないのだから。

いや、存在しないというのは言い過ぎか。

一応そういう魔道具もあるけれど、一般人が使えるようなものではないというのが正しい。もしかしたら、侯爵家当主の父は持っているかもしれないし。

そんなことより、どちらかというと使用人たちがどこから来るのかということの方が気になる。

ベイルからは、やってくる使用人は屋敷の管理をする夫婦が一組と私の世話をする侍女が一人だと聞いている。本宅から来たベイルたちと別行動だったことから本宅の人たちではないのだろうし、私が住んでいた屋敷の使用人たちはそのまま残ることになっていた。なので、他のところから来ることになるはずなのだけれど、領都だと本宅と私の住んでいた屋敷以外に使用人に余裕があるところはなかったはずだ。

そうなると、やはり先ほど通過した町からやってくるのだろうか。それだと今になってもやってきていないのが、不思議な気はするけれど。

まあ、そのあたりのことは到着してから確認すればいいか。まずは屋敷内の探検だ。


というわけで、気になっていた地下の実験室へと突撃する。

他の部屋が気にならないわけではないけれど、私が持ってきた荷物は多くないので片付けは済んでいるし、応接室やらキッチンなんかはやってくるであろう使用人に任せるべきだと思う。

あと、屋敷の周りも気にはなっているけれど、さすがに魔物が出るという森の中を一人で出歩くのは控えたい。まあ、敷地内であれば結界のおかげで魔物が入ってくることはないそうだけれど。

「うーん、何というか、すごいことになっているね」

壁に設置されている魔石に魔力を流して天井の明かりを点けると、部屋の中の様子が一目で確認できるようになる。

ベイルに案内されたときは、よくわからない道具が多いと思っていたけれど、よくよく確認してみるとそんな雑多な道具と同じくらい本や書類が乱雑に積み重ねられていることがわかった。

〝食べられる野草〟

〝簡単な錬金クッキング〟

ふと近くの本を手に取ってみると、そんな何とも言えないタイトルが目に入る。

〝魔物のさばき方〟

〝はじめての農業〟

近くに置かれた他の本にも目を向けてみても、並んでいたのはそんなタイトルばかり。

「……前の人は自給自足の生活を送っていたのかな」

そんなことをつぶやきつつ、気を取り直して今度は色々な道具が置いてある場所へと移動する。

床にも本や道具が置かれているけれど、移動するための足の置き場がないというほどひどいことにはなっていない。

「こっちは錬金術関連の道具だね」

壁際に置かれた机の上に乱雑に置かれた道具には見覚えのあるものがいくつかあった。そうはいっても、実物を見たことがあったわけではなく、本の中で見たことがあっただけなのだけれど。

すり鉢やすりこ木、大小の鍋に様々なガラス瓶などが所狭しと置かれている。そんな中に紛れるように、なんらかの薬草や魔石、魔物の素材などもあったりする。

まあ、魔石や素材はともかく、薬草についてはどう見ても使えるような状態だとは思えないけれど。

そんな風に目についた道具や本を確認しながら移動していると、ふと気になるタイトルの資料を見つけた。

〝空間魔法とアイテムボックス〟

確認しようと手を伸ばすと周囲にも空間魔法に関する本や資料が積まれているのが見える。

「空間魔法の研究をしていたのかな」

空間魔法。

それはそれは便利な魔法だと言われている。

けれど、その魔法を使える術者は少ない。いや、いないと言った方が正しいかもしれない。

かつては、どこかの国の賢者とまで呼ばれた偉大な魔法使いが使えたという話だけれど、現在では使える者はいないという話だ。

かの賢者は空間魔法を利用することで、無限とも思える容量のアイテムボックスを持ち、瞬時に国から国を移動し、さらには独自の空間すらも持っていたという。

各国はこの夢のような空間魔法をこぞって求め、研究したらしい。

瞬時に国から国を移動するという空間転移がさぞかし魅力的だったのだろう。というより、国として考えれば他国が空間転移を利用できて自国が使えないという状況を恐れたのだと思う。

空間魔法、というより空間転移の存在が世に出た当時は、各国がその研究と対策に必死になったようだ。

けれど、そんな各国の努力もむなしく、空間転移は再現することができないまま、かの賢者は天寿を全うした。

それ以来、かなりの年月が経っているはずだけれど、空間転移を再現できたという話は聞かない。そうである以上、前の住人が研究していたこの研究資料たちも道半ばのものなのだろう。

「まあ、暇をつぶすのには使えるのかな？」

そうは言いつつ、まずは先に見つけた魔法の基礎、入門編の本を使った勉強からということになると思う。

一応、お母様や侯爵家からつけられていた家庭教師から魔法を教わっていたけれど、広く浅く、基本を満遍なくという形だったので、実は使える魔法があまり多くない。どちらかというと魔法の実践よりも座学的なものが主だったし、実戦形式の訓練は身体が成長してからという風に考えていたのかもしれない。

「うーん。って、もうこんな時間!?」

結構な時間、本やら資料やらに目を通していて固まった身体をほぐすように伸びをしてから時間を確認すると、既に夜と言ってもいい時間になっていた。

実験室の整理がてら、魔法の基礎が勉強できるような本や資料を集めていたのだけれど、思ったよりも熱中してしまっていたようだ。

「そういえば、使用人の人たちは到着していたりするのかな」

ずっと地下室にこもりっきりだったせいで、外の様子がさっぱりわからない。

しかもこの実験室へ降りる階段は扉の先にあるため、一部屋ずつ確認していかないと初めて来た人にはわからないだろう。まあ、使用人たちが到着していたとしても、家主がいないからと勝手に屋敷に入ったりすることはないと思うけれど。

いや、管理人を兼ねているのであれば、普通に入ってくるのかな？　どちらにせよ、もし到着しているのであればそれなりの時間を待たせてしまっているかもしれない。

「……過ぎたことは仕方ないし、とりあえずは一階に戻ろうかな」

言い訳のようにそうつぶやいて、一階への階段へと急いだ。

さて、困った。まさか、住み込みの使用人がやってこないとは。

昨日、地下の実験室から一階に戻っても使用人たちは到着していなかった。念のために屋敷の外も確認したのだけれど、誰かが来たというような形跡はなかった。

なので、何らかの事情で翌日に到着が延びたのだろうと思い、ベイルたちが残していった食料から夕食を用意してそのまま眠りについた。

そして、迎えた今日。広々とした慣れない部屋にいつもよりも早く目が覚めてしまい、二度寝する気分でもなかったのでそのまま起きて今に至る。

ちなみに、今は既に夜と言っていい時間だ。

そう、最初にも言ったけれど、今日も使用人が到着しなかったということだ。

到着に気づかないのはマズいということで、今日は使用人が来ても大丈夫なように地下の実験室から読みたい本や資料を一階の応接室に持ち込んで待っていた。昼食についても、すぐに用意できる簡単なメニューにしたので、ほとんど席を外すこともなかった。

そこまでして待っていたというのに、来ない。来るはずの使用人たちが来なかったのだ。

まあ、昼過ぎまではそこまで気にしていなかったけれど、夕方になるとさすがにおかしいと思いはじめていた。

で、あたりが暗くなった今、どうしようかと頭を抱えているという次第だ。

「本当にどうしよう」

さすがに完全に日が落ちてからやってくることはないだろうと、食堂で遅めの夕食をとる。

メニューはパンにスープというシンプルなものだ。ただ、パンについては保存用のものがなくなってしまったので、明日からは自分でパンを焼く必要がある。スープに使った食材についても、干し肉と野菜が後二日分あるかどうかといったところ。

使用人が来ない以上、食事関係についても自分でどうにかしないといけない。

「もう数日待つか、町に問い合わせに行くか。さすがに、ベイルの言葉が嘘だったとは考えたくないけれど……」

食事を終え、これからとるべき方針を考える。

一応、町にあるギルドに行って領都の本宅へと問い合わせてみれば、使用人の件についてはすぐにはっきりするはずだ。魔の森に近い冒険者の町としてある程度発展している以上、さすがに通信用の魔道具は置いてあるだろうし。

問題があるとすれば、ギルドにある通信用の魔道具の利用料金が高いところか。

使用人たちがただ遅れているだけの場合、この費用が無駄になるのだから、ついついもう数日待ってみようかなという気になってしまう。

少し高価な出費をためらってしまうのは前世の記憶ゆえか。イマイチはっきりとは思い出せないけれど、前世の私は一般庶民だったようだし。

「……まあ、仕方ないか。一応、こっちに来るにあたって少しは資金をもらっているのだし、ケチらずに問い合わせをすることにしましょう。ただ待つにしても町に食料の買い出しに行く必要はあるのだから、町に行くついでだと考えれば……」

声に出してそう言ってみるものの、どうしても前世から引き継いだ金銭感覚が邪魔をする。必要経費だということは頭ではわかっているはずなのに、感情が納得しない。もう少し貴族家の令嬢としての生活が長ければ、今世の金銭感覚で上書きできていたかもしれないのに。

一応、通信用の魔道具以外にも問い合わせの方法はある。町を行き来する用事がある人についでに連絡を依頼する方法だ。

こちらの方法を利用すれば、かかる費用はかなり安くなる。ただ、実際に人が行き来する必要があるので、代わりに時間が相当かかることになるけれど。

今回の場合だと片道三日なので、回答が来るのは最短で六日くらい。

まあ、私は馬車でゆっくりと移動していたので、馬で急げば片道一日くらいは短縮できるかもしれない。ただ、それでも最短で四日だ。

しかも侯爵家からの回答がすぐにもらえるかもわからないし、依頼を受けてくれる冒険者がすぐに見つかるかもわからない。

やはり、問い合わせをするのであれば通信用の魔道具を利用する以外は考えられなさそうだ。

「なんでこんなに問い合わせにかかる費用が高いのよ……」

通信用の魔道具の利用料金が高額に設定されているのは、魔道具の起動に魔石が必要になることと無駄な使用を避けるためだ。かつて聞いた情報を思い出し、その理由に納得しながらもついつい愚痴ってしまう。

「はぁ。もしかしたら明日の朝早くに到着するかもしれないし……」

そんな自分でも信じていないようなことをつぶやき、明日の移動に備えて早めに眠りにつくことにした。

第05話　ギルドへの依頼

ほとんど期待していなかったけれど、やはり朝になって使用人たちが到着しているなどという都合の良いことは起きなかった。

なので、予定通りラビウス侯爵家への問い合わせを行うために町へと向かうことにした。

「思ったよりも遅くなってしまったね」

移動や返答待ちの時間を考慮して早起きしたつもりだったけれど、町に到着したときにはそろそろ昼になろうかという時間になっていた。午前の早いうちに問い合わせの依頼を出しておきかったのだけれど。

やはり、慣れないキッチンでパンを焼くのに手間取ったのが痛かった。あと、屋敷から町へと移動するための足がなかったのもそうだ。

屋敷に来るために使った馬車は全てベイルたちが乗って帰っていたので、移動するための馬がいなかったのだ。

一応、私は魔法の基礎を教わっていたので、身体強化を使ってあまり時間をかけずに町までたどり着くことができた。けれど、魔法を教わっていない貴族令嬢であれば、その時点でかなり厳しかったのではないだろうか。

いやまあ、さすがに食料がなくなったりすれば、徒歩ででも時間をかけて町までやってくるのだろうけれど。ただ、かなりつらい思いはするはずなので、本当に魔法を教わっていてよかったと思う。

ゆっくりと町の中を見て回りたいという気持ちを抑え、真っすぐにギルドへと向かう。

予定よりも遅くなったこともあり、問い合わせの依頼を出すのが最優先だ。町を見て回ったり、食料を買ったりというのは、依頼を出してから返答を待つまでの時間で構わない。

「冒険者ギルドへようこそ。本日はギルドへの依頼でしょうか？」

ギルド――冒険者ギルドの中へと入り、依頼を受け付けているカウンターへと進む。

ギルド内へと入った瞬間こそ周囲からの視線を集めたけれど、依頼用のカウンターへと向かったことでそれらの視線は興味をなくしたらしい。

「領都へ通信機による問い合わせを依頼したいのですが」

「通信機を使った問い合わせですか？　失礼ですが、身分証はお持ちでしょうか？」

外見的に明らかに子供だとわかる私を相手にずいぶんと丁寧に相手をしてくれる。服装が貴族や富裕層向けのものだというのもあるのだろうけれど、この受付のお姉さんは真面目な人なのかもしれない。

「これが身分証です」

そう言って、首から下げた身分証を外して受付のお姉さんへと手渡す。

「ラビウス侯爵家の方でしたか」

「ええ、フェリシア・ラビウスです。妾の子ではありますが、ラビウス侯爵家の家名を名乗ることを許されています」

「はい、確認が取れましたので、通信機による問い合わせの利用許可が下ります。依頼内容を伺いますので、別室へとお願いできますか？」

正直に妾の子だということを伝えてみたものの、彼女の対応に変化はなかった。

妾の子だと聞くとあからさまに態度を変える人もいるけれど、やはり彼女は真面目なきちんとした人のようだ。

別に妾の子だとはいえ、ラビウス侯爵家の家名を名乗ることを許されている以上、ラビウス侯爵家に連なる者であることに変わりはないのだから、本来であれば彼女のような反応が正しいのだけれど。

そんなことを考えながら、前を行く彼女について別室へと向かった。

通信機を使用する場合は機密情報を扱うケースが多いため、このように機密性の保たれた別室で依頼内容を確認することになっているのだろう。

私を部屋へと通してソファを勧め、扉をしっかりと閉めてから受付のお姉さんが尋ねてくる。

「では、依頼内容についてお聞かせ願えますか？」

「ええっと、大した内容ではないのですが、屋敷に来るはずの使用人が到着していないのです。一応、同行した者から聞いた限りでは二日前に到着している予定だったのですが。なので、使用人の手配について領都の本宅へ確認したいというのが依頼になります。あっ、ちなみに、ギルドの方にそういった人が立ち往生しているとか、そういう情報は入っていないですか？」

受付のお姉さんも正面のソファに腰を下ろしたので、今回の依頼について切り出す。

改めて言葉にすると、通信機を無駄遣いしようとしているのではないかと思ったりもするけれど、他に方法もないので諦めるしかない。ただ、ふと思いついて、ギルドにこちらに来るはずだった使用人たちの情報が入ってきていないかを確認してみた。

「なるほど、依頼内容についてはわかりました。あと、残念ながら、ギルドの方にそういった情報は入っていませんね。積極的に集めているわけではありませんので、絶対というわけではありませんが」

「……そうですか。いえ、念のためにお聞きしただけですので、まずは問い合わせの方をお願いします。ちなみに、返事はどれくらいで返ってくるでしょうか？」

「そうですね、今から問い合わせを行えば、今日の夕方頃には返事が来るのではないでしょうか。ただ、すぐに事情のわかる方に話が通るかはわかりませんので、もしかすると返事が明日になる可能性もあります。その場合でも夕方までにはそういった旨の連絡があるでしょうから、夕方頃に確認にいらしてもらえればいいと思いますよ」


その後、依頼料の支払いなどを済ませてギルドを後にした。

今さらながら、ギルドからの問い合わせに対して侯爵家が返事を返すのかと心配になったけれど、そのあたりについてはギルドの方で身元確認がしっかりされているという信用があるので問題ないらしい。ただ、それでも無視されるケースについてはどうしようもないという話だったけれど。

……さすがに、ラビウス侯爵家の家名を名乗ることを許されているのだから、門前払い的な扱いはされないと思いたい。

「まあ、悩んでいても仕方ないし、まずは昼食かな。それが済んだら、食料と必要な細々とした物の買い出しをして、たぶんそれでいい感じの時間になると思うし」

ゆっくりと町の中を歩き、昼食をとるためのお店を探す。

馬車で通ったときにも思ったけれど、やはり冒険者が多いためか宿屋や食事処、ついでに酒場が多いように感じる。そんなことを考えつつ歩いていると、ついついお店を決め切れずに中央の広場までやってきてしまった。

ここでは食べ物を売る屋台が並んでいるらしく、ちょうどお昼時ということもあって結構繁盛しているように見える。

「屋台のご飯というのもありなのかな？　でも、気分的にはしっかりと食べたい気分なのよねぇ」

「おっ、嬢ちゃんは昼はガッツリ派なのか。いいねぇ、子供はしっかりと食わないといけないからな」

広場の少し外れたところで悩んでいたら、独り言を聞かれたのかそんな言葉が頭上から降ってきた。

驚いて見上げると、歴戦の冒険者といった風情の鍛え上げられた肉体を持つスキンヘッドのおじさんが話しかけてきていた。

「だったら、マリーの宿屋が良いぞ。あそこなら多少値は張るが、その分変な奴(やつ)はいなくて客層もまともだし、何より味が良いからな。嬢ちゃんみたいなお嬢様でも問題ないと思うぜ」

「……そのマリーさんの宿屋というのは遠いのでしょうか？」

特にこの町の食事事情に明るいわけでもないので、目の前の冒険者に宿屋の場所を聞いてみる。

傷痕が残る顔は厳つ(いか)いけれど、なんとなく面倒見がよさそうな雰囲気をしていたのである程度は信用しても大丈夫だと判断したのだ。まあ、案内と称して変な所へ連れていこうとしたら、速攻で魔法をぶつけて逃げるつもりではあるけれど。

「おっ、興味があるのか？　マリーの宿屋はギルドの斜め前にある三階建てのでかいやつだ。あのあたりで一番でかい宿だし間違うこともないだろうよ。できりゃあ、連れていってやりたいんだが、連れを待っているところなんでな」

「いえ、場所を教えていただけるだけで十分です。ギルドの場所でしたらわかりますので、さっそく行ってみることにします。ありがとうございました」

若干、警戒心を残したままではあったものの、目の前の彼は普通に宿屋の場所だけを教えてくれた。場所もギルドの近くということであれば心配することもないだろう。

見かけによらず親切な冒険者に頭を下げてから、さっそく件(くだん)の宿屋へと向かうことにした。

第06話　マリーの宿屋

教えてもらったマリーの宿屋はすぐに見つかった。

あの厳つい冒険者の言葉通り、ギルドの向かいに並ぶ建物の中で一番大きい建物だったのでとてもわかりやすかった。

「おや、お嬢ちゃん、お父さんかお母さんとはぐれたのかい？」

マリーの宿屋に入り、食堂の入り口付近で立ち止まっていると、トレイを持ったおばさんに話しかけられた。

「いえ、私は一人で来ました。食事をとりたいのですが、どこで注文すればいいのでしょうか？」

入ってから気づいたのだけれど、今世ではこのような場所で一人で食事をしたことがない。なんなら、一人じゃなくても経験がないかもしれない。

「はー、そんなに小さいのに一人なのかい？　しっかりしているねぇ。なら、カウンター席でいいかい？　そこで注文も聞くからね」

そう言ってカウンターへと向かうおばさんについていく。

周りの視線を集めているような気がするけれど、まあ仕方ないだろう。幼い女の子が一人でやってきているのだから。

そんな視線を無視するように歩きながら、店内を見回す。

広場で出会った冒険者が言っていたように、席について食事をとっているのは落ち着いた雰囲気の人たちが多い。冒険者っぽい人がいないわけではないけれど、どちらかというと商人みたいな人の方が多い気がする。

とりあえず、案内されたカウンター席のイスによじ登って座る。

当たり前だけれど、並んでいるイスは全て大人用の物だ。小柄ではないけれど、年齢相応の背丈しかない私にはかなりサイズが大きい。

「お嬢ちゃんには、その椅子はちょっと大き過ぎるだろう。子供用の補助イスを持ってきたから使うといいよ」

「すみません、ありがとうございます」

奥に向かって注文を伝えていたおばさんがそう言って補助イスを持ってきてくれた。

机までの高さがやや遠くて食べづらそうだったので、ありがたくその申し出を受け入れて補助イスを受け取る。

相変わらず足が完全にブランブランして危なっかしそうな見た目ではあるけれど、補助イスとなるクッション状のイスを使うことで食事をとるのには問題なさそうだ。ついでに無駄に多い魔力で身体強化の魔法を使いっぱなしにしているので、バランスを崩すこともないと思う。

「構わないよ、うちには家族連れのお客さんもよく来るからね。ところで注文は何にするんだい？といっても、お昼は二種類しかメニューはないんだけどね」

「何と何があるのですか？」

「メインがステーキのランチか、メインがシチューのランチだよ。どっちも銅貨五枚で、メイン以外にパンとサラダが付くね」

宿屋だからお昼のメニューを絞っているのかな？　そんなことを考えながら、気になったことを聞いてみる。

「量はどれくらいですか？」

「量はそんなに多くないね。他のとこみたいに冒険者向けに量が多いってことはないよ。まあ、それでも大人向けの量だから、嬢ちゃんには多いかもしれないね。もし多ければ気にせず残しても大丈夫だよ」

「では、ステーキのランチでお願いします」

「あいよ。すぐに用意するから、ちょっと待っといてくれ」

そう言って奥へと引っ込んだおばさんを見送る。

すぐに用意できるものなのかと一瞬疑問に感じたけれど、広場から移動してる間にお昼のピークは過ぎている。食堂にはお客さんもそこそこ入っているけれど、ある程度食事が進んでいるようだし、おばさんの言う通りすぐに用意できるのだろう。


「おぉ……」

言葉通りほとんど待たされることなく出てきた料理を見て、感嘆の声が漏れる。

肉厚のステーキが熱々の鉄板の皿の上で熱せられてジュージューと音を立てており、ニンニクの香りも相まって食欲をそそられる。

まずは一口、と一口サイズに切ったステーキを口に運ぶ。

肉厚なのに柔らかい。濃厚な肉のうまみが口の中に広がり、シンプルな味付けがそれをより際立たせている気がする。

ご飯が欲しい。

そんなことを思いつつ、気づけば出てきた料理はパンとサラダも含めて全て平らげてしまっていた。


「いい食べっぷりだったね」

いつからそこにいたのか、気づけばカウンター越しにおばさんが笑顔でこちらを見ている。

そのことに気づいて、急に恥ずかしさがこみあげてくる。たぶん、今の私は顔が真っ赤になっていることだろう。

そんなことを自覚しつつ、何でもないような風を装って言葉を返す。

「とてもおいしかったです」

子供らしい満面の笑みでそう告げたものの、残念ながら隙だらけだったらしい。

「くくっ、口の横が汚れたままだよ」

すぐさま口元を拭ってきれいにした。

「あのお肉は何の肉だったんですか？」

食後のお茶を飲みながら、恥ずかしさが落ち着いたところで気になったことを聞いてみる。

魔の森が近いことから魔物の肉が出るものだと思っていたのに、予想以上に良い肉が出てきたので気になったのだ。

「うん？　あれはボアの肉だよ」

「ボアって、魔物のヒュージボアですか？」

のんびりと食堂の様子を眺めていたおばさんから返ってきた意外な答えに思わず問い返す。

ヒュージボアといえばその名前通りの巨体を誇るイノシシの魔物だ。その巨体にふさわしい大量の肉が取れることから辺境の村などでは重宝されるらしいけれど、その肉の味はそこそこだと聞いたことがあった。家畜として育てられたウシやブタなんかとは比べ物にならない味だと。

さっき食べたステーキの味は以前の屋敷で食べていたウシやブタを超える味だった。実は今まで食べてきた肉は全て偽物だったのだろうか？

「そのヒュージボアで間違いないよ。しかもその様子だと他所(よそ)で獲れるヒュージボアの肉の味を知っているようだね。でもうちの宿で出すヒュージボアの肉は一味違うのさ。魔の森の中でも特定の場所でしか獲れない厳選されたヒュージボアを丁寧に処理した最高の肉だからね」

こちらの困惑の様子を察したおばさんが自慢げにそう教えてくれる。

何だろう、特定の場所でしか獲れないというのは、前世であったような特定のエサしか与えない的な効果をもたらしているのだろうか？

「このお肉はいつでも食べられるのですか？」

「ああ、よほどのことがない限りはいつでも食べられるよ。ヒュージボアの肉は一頭からかなりの量が取れるから、うち一軒くらいであれば十分に量を確保できるんだよ」

つまり、そのヒュージボアはこの宿が独占しているということなのだろうか？　こんなに味が良いのであれば他所からその情報を狙われそうなものだけれど。

「まあ、味が良いのは確かなんだけれどね、狩った後の下処理がかなりの手間なんだよ。だから、他所の冒険者たちにはうまみがなくてね。うちは旦那が趣味を兼ねてヒュージボアを狩ってくるからどうにかなっているんだよ」

内心の疑問が顔に出ていたのか、そんなことを追加で教えてくれる。

おばさんの苦笑を見るにその下処理は相当面倒くさいのかもしれない。あるいはそのヒュージボアのことで何かあったか。

まあ、私としてはあの肉がここに来ればいつでも食べられるということを知れただけで十分だ。

とりあえずは、この後の買い物に必要そうな情報を質問することにしよう。

第07話　ラビウス侯爵家からの回答

宿屋のおばさん――最後に宿屋の名前にもなっているマリーさんだと判明した――に教えてもらった商会で買い物を済ませ、再びギルドへと向かう。

時間的には夕方になる少し前という感じなので少し早いかもしれないけれど、他に用事もなかったのでギルドで待つことを選んだ。まあ、そこまで早いというわけでもないので返事が届いている可能性も十分にあると思うし。

「えっ!?　使用人は来ない、ですか？」

「はい、ラビウス侯爵家からの回答ではそうだということです」

「……」

既に回答が届いていたので、待たされることなく部屋に通されたのだけれど、返ってきた答えがこれだった。

正直、これは困る。

何かしらの伝達のずれで到着が遅れているだけだろうと思っていたのに、使用人が来るという話自体が間違っていたとは。

「それ以外のことは何か聞いていませんか？　あと、回答をくれたのが誰かということも」

「ええっと、申し上げにくいのですけれど――」

そういう切り出しで教えてくれた回答の内容は要約すると、次のような感じだった。


〝ラビウス侯爵家ではもう面倒を見ないから、後は勝手に生きろ〟


いや、まだ成人もしていない少女に対して、あんまりでは？　しかも妙にねちっこい嫌味交じりの言葉で長々と語られていたし。

そこまで嫌われるようなことをした覚えはないのだけれど……。

「あと、ラビウス侯爵家側の回答者は、クラウス様だそうです」

「おぉぅ」

うん、これはダメなやつだね。クラウスといえば、本宅の一切を仕切っているラビウス侯爵家の家令だったはずだし。

その名前が出てくるということは、父であるラビウス侯爵も承知のことなのだろう。というよりも、ラビウス侯爵本人の指示であると考える方が自然か。

「あー、ちなみに私の扱いに関する他のことは聞いていないですか？　主に屋敷のことについてな

のですが」

「いえ、回答は先ほどの内容で全てです」

「そうですか……」

特別にギルドで受け取った回答を控えた書類を見せてもらったけれど、先ほど教えてもらったものと違いはなかった。

正直、頭を抱えたい気持ちでいっぱいなのだけれど、目の前で心配そうに見つめてくるお姉さんの目もあり、どうにか何でもないように振る舞うように心がける。そうしてできる限り落ち着いて見えるようにしながら、担当してくれた受付のお姉さんにお礼を言ってギルドを後にした。

まあ、傍から見ると内心パニくっているのが見え見えだったかもしれないけれど。


「どうしようかな？」

ベッドに腰かけてつぶやく。

とりあえず、落ち着く場所が必要だということで、昼食をとったマリーの宿屋に部屋をとった。

もともと状況次第では町に泊まることを考えていたので、そのあたりは問題ない。ただただ、ラビウス侯爵家からの回答が予想外だったというだけで。

「勝手に生きろと言われても、あいにくとまだ七歳なのよね……。普通に考えて、死ねって言われているのと変わらないと思うし、向こうは何を考えているんだろう。……いやまあ、私の場合はどうにかやっていく自信はあるけれど」

でも、そのあたりのことは本宅の人たちは知らないはずなんだよね。

……いや、普通に屋敷の人が報告ぐらいは入れているのかな？　だったら、テキトーに放り出しても問題ないとか思っているのかも。

「いや、それにしたって、後は勝手に生きろっていうのはあんまりでしょっ！」

そう叫んでベッドへと倒れ込み、ぼんやりと天井を眺めながら考える。

これからどうすべきかを。

「とりあえずは、今後の身の振り方を考えないといけないのかなぁ」

ラビウス侯爵家からの回答に従うのであれば、家とは縁を切って平民として生きていくということになるのだろう。

まあ、別に平民になること自体は問題ない。前世ではただの一般人だったし、今世でもお母様から色々と叩き込まれているのだから。

問題は今の私の外見でまともに働かせてくれるかどうかということだ。

基本的に働き始めることができるのは見習いとして認められる十二歳から。家庭内の手伝いのような、ごく内々の仕事であれば今の私くらいの年齢からでも可能だけれど、何の伝手もない私には無理だろう。

いや、ギルドに相談すればいけるか？

今日対応してくれた受付のお姉さんであれば、情に流されて何かしらの仕事を紹介してくれるかもしれない。とはいえ、さすがに無関係のお姉さんを巻き込むような真似（まね）は気が引けるのでこれは最後の手段だとは思うけれど。

あと、引っ越してきた屋敷のことはどう考えればいいのだろう？　手切れ金代わりに私に与えられたと理解しても良いものなのだろうか。

そうであれば、少なくとも住むところには困らなくなるので助かることは助かる。ただ、町から距離があって不便そうなところがネックになるかもしれないけれど。

まあ、とりあえずはあの屋敷はもらえるものだと考えよう。

数十年単位で放置されていたらしいから、おそらく余っていた屋敷なんだろうし。たぶん私が住んでいたとしても確認になんて来ないんじゃないかな。

「それにしても、なんでこんなやり方をしたんだろう？」

正直、侯爵家の今回のやり方については色々と疑問を感じないでもない。

別に侯爵家が庶子である私を捨てたいということ自体はまあそこまで不思議ではない。一応、魔力量が多いというのはあるけれど、所詮は庶子でしかないので他の正妻や側室の子たちと比べると価値は落ちるだろうし。

なので利用価値がないと判断されれば、侯爵家から放り出されるということもあるだろう。

わからないのは、何故こんな中途半端なやり方で放り出すことにしたのかだ。

引っ越してきた屋敷については、放り出すだけだと外聞が悪いから手切れ金代わりに用意したというふうに理解できなくはない。理解できないのは、そういった事情の説明が何故されなかったのかということ。

それに、ベイルが嘘の情報を教えて去っていったこともよくわからない。

本当のことを伝えると私がごねるとでも思われたのだろうか？

そんな子供みたいなことはしないから、もっときちんとした説明が欲しかった。まあ、見た目子供の私が言っても説得力はないのでしょうけれど。

後は、中途半端に改装された屋敷についても謎ではある。

必要最低限という感じではあったので、改装費をケチったのだろうとは思うけれど、それなら最初から改装の手を入れないという選択肢もあったはずなのだ。さっきも思ったけれど、普通に考えて七歳の子供を町から離れた魔の森の中の屋敷に放り出すのは死ねと言っているのと変わらないのだから。

直接手にかけると問題になりそうだから、テキトーに与えた屋敷で野垂れ死ぬように画策した？

……いや、イマイチそんな手間をかける理由がない気がする。屋敷で野垂れ死のうが、直接手にかけようが、魔の森まで連れていっている時点で偽装など容易だろうし。

「……まあ考えてもわからないし、開き直ってあの屋敷で気ままに暮らすのが正解なのかなぁ」

そうつぶやき、これから一人で暮らしていくために必要となる諸々(もろもろ)について考えることにした。

第08話　帰路

一晩考えた結果、今の私に必要なのは移動のための足になるものだという結論に至った。

現状、住むところ以外の全てが足りていないという気もするけれど、足りないものは都度買い足していくしかないだろう。なので、屋敷から町まで買い出しに来るための足となるものが必要だと考えたのだ。

まあ、そもそも物を買うためのお金が必要だという話だけれど、そのお金を手に入れるためにも町に出てくる必要はあるだろうし。

というわけで、マリーさんに紹介してもらった貸馬屋へと馬の買い取り交渉に向かうことにした。

「おう、確かに」

予想以上にすんなりとまとまった買い取り交渉にほっとする。

貸馬屋である以上、本来であれば馬の売買はしていないはずだけれど、どうにか交渉して売ってもらうことができた。運よく怪我で引退する予定の馬がいたことも良かったのだろう。

とにかく、これで屋敷と町を行き来するための足を確保することができた。

そのせいで資金がほぼ尽きてしまったけれど。


「まあ、前の住人にならって自給自足を目指せばどうにかなるでしょう。これからよろしくね」

特に問題なく町の外門を抜け、森を目指しながら隣を歩く馬に話しかける。

せっかく馬を買ったのだから馬に乗って帰りたいところではあるけれど、その馬の背には荷物が載せられているので無理だ。少女一人増えたところでと思わなくもないけれど、怪我の程度がまだよくわかっていないので様子見している。

「うーん、考えてみるとこれから貴方と一緒に暮らすことになるのよね。使用人の人たちも来ないらしいし、しばらくは貴方と二人きり。いや、一人と一頭だけれど。なんにしても、名前を付けてあげないと可哀想よね。これから家族になるのだから」

馬の胴体を優しく叩きながらそうつぶやくと、うれしそうにヒヒンッと返ってくる。

貸馬屋の店主が言っていた通り、本当に頭が良いみたいだ。元は軍馬だから頭は良いし人の言うこともよく聞くという話だったけれど、正直盛っていると思っていた。

そんな馬が何故こんな辺境にいるのかと、話半分に聞いていたのだけれど意外に本当のことだったのかもしれない。

となると、この馬の来歴も本当の話だったのだろうか。

戦場で乗せていた兵をかばって負傷し、その怪我がもとで引退を余儀なくされ。

けれど、助けた兵の懇願によって魔法による治療を受けることができたので、処分を免れて民間に払い下げられる。

それでも、次第に悪化していく古傷が原因で流れ流れて辺境にまでやってきた。

そして、とうとう引退するしかないというところまで来た結果、私みたいな少女に買われてしまった、と。


うん、なかなかの経歴の持ち主なんじゃないだろうか。

聞いた話だと四歳の馬だということだけれど、今世の私よりも若いくせになかなかに濃い人生、いや馬生を送ってきたみたいだ。

「まあ、これからはきっとのんびりできるよ」

根拠はないけれど。

「それで、貴方の名前はどうしようか?」

森へ向かう道程を半分ほど進んだところで、思考を名前のことに戻す。

のんびりと散歩するように風景を楽しむのも悪くはないんだけれど、さすがにずっとそのままというのもね。別に会話なしの時間も苦にならないとはいえ、たまには気分を変えてみるのも悪くない。

「で、何か希望はある？」

なんとなく無茶ぶりしてみると、ブルルッと音を出して首を振られた。

うん、やっぱり頭いいね。

「とりあえず、貸馬屋のやつはただの番号だったからありえないよね」

さすがに十五番なんていう名前はない。私も嫌だし、馬自身も嫌だろう。

普通の馬だと意味がわからないのかもしれないけれど、この子だとちゃんとただの番号だと理解していそうだし。

「となると、やっぱり見た目から名前を付ける感じかなぁ」

そう言って、隣を歩く馬を見上げる。

嘘か本当かわからないけれど元軍馬というだけあって、その体軀はとても立派なものだ。馬のことは詳しくないけれど、なんとなく前世の競走馬であるサラブレッドよりも立派な見た目をしている気がする。

全身が濃い茶色の毛で、そのたくましい足はとても力強くて速そう。

いや、実際に元気だった頃は優秀な軍馬だったらしいので、速かったんだろうけれど。

「うーん、競走馬の名前からって思ったけれど、よく考えてみると全然名前を知らないや。ディープ何とかっていうのも違う気がするし」

思わず立ち止まって考えていると、馬がこちらを覗き込むように見ていた。

「おぉ、きれいな目」

こちらを覗き込むそのつぶらな目に引き込まれる。

黒く澄んだ瞳。

見る角度や光の加減にもよるのだろうけれど、その透き通るような黒の瞳はとても印象的だ。なので、その瞳から連想した宝石の名前を付けることに決めた。

「うん、貴方の名前はオニキスよ」

そう告げると、オニキスはヒヒーンとひと際大きないななきを返してきた。


「それにしても、本当に誰もいないね」

屋敷のある森が目前に迫ったところで、今まで思っていたことを口に出す。

町を出てからここまで、誰にも出会っていない。後ろを振り返ってみても、広い草原の中を町へと続く道が延びているだけで、誰一人として人の姿は見えない。

「もしかして、あの森ってラビウス侯爵家の私有地だったり？」

ふと思いついたことを口に出してみると、思いのほかしっくりときた。

冒険者が森で活動しているという話を聞いていたので、漠然と屋敷のある森にも冒険者は来るのだろうと思っていたけれど、ラビウス侯爵家の私有地であれば冒険者であっても来る者はいないのかもしれない。

それでも森を管理する人間すらいない環境であれば無視する人間もいそうだけれど、そんな人すらいないほどに魅力のない森なのだろうか。

まあ、屋敷がある一帯以外にも森は広がっているので、わざわざ侯爵家に睨まれる可能性のある場所に踏み入ろうとしないだけかもしれないけれど。

「ま、いっか。変に知らない人にうろつかれるよりは誰も来ない方が落ち着けるだろうし」

他にも色々と不安も多いのでそんな風に軽く流すことにした。

まずは生活を安定させることが優先なのだから、それ以外の問題はひとまず先送りだ。

森の中に足を踏み入れて数分。木々に囲まれた細い道の先に大きな屋敷の姿が見えてくる。

「あっ、屋敷が見えた。あれが私たちの家だよ、オニキス」

隣を歩くオニキスにそう声をかけつつ、その様子を確認する。

町から帰ってくるのに一時間以上かかってしまったけれど、怪我が原因で売られたはずのオニキスも特に調子が悪くなっているということはなさそうだ。

一応売ってもらうときに過度な運動をさせなければ問題ないとは聞いていたけれど、どこからが過度な運動になるのかわからなかったので不安ではあったのだ。でもこの様子であれば、屋敷と町を往復するための足として頑張ってもらうことはできそうだ。

「これからよろしくね」

オニキスと並んで屋敷の門を越える。

任せろとでも言うように、ブルルッという元気ないななきが返ってきた。

閑話 裏側

「それで？　アレはどうなったの？」

「はい、ギルドからの問い合わせには奥様の指示通りの返答をしておきました。また、派遣予定だった使用人たちについても派遣を取りやめ、その経緯がわからないように細工済みです」

「そう、ならいいわ」

かつてフェリシアが暮らしていた屋敷、その一室で男女が不穏な会話を交わしていた。

女の方は新たに屋敷の女主人となったオリヴィア・ラビウス。

この国の王女として生まれ、何不自由ない環境で蝶（ちょう）よ花よと育てられた結果、嫁ぎ先から出戻った挙句に王家からも見放され、ラビウス侯爵家へと押し付けられた曰（いわ）く付（つ）きの女である。

男の方はラビウス家の使用人の一人で、新たに嫁いできたオリヴィアの専属となったオーウェンという男だ。

「それにしても、たかが平民の娘に屋敷を与えようだなんてラビウス侯爵も何を考えているのかしら。偶然、私があちらの屋敷で問い合わせに対応できたから良かったものの、そんな無駄なことをするくらいであれば、私の住むこの屋敷に手を入れる方が先でしょうに」

「まったくです。旦那さまは、たかが平民ごときを気にかけ過ぎです」

そんな勝手なことを言っている二人であるが、ラビウス侯爵の中では王家から押し付けられた不良債権のオリヴィアよりも娘のフェリシアの方がはるかに価値が高い。なので、侯爵としてはむしろオリヴィアの方を辺境に飛ばしたかったくらいだ。

しかし、オリヴィアが王族の、それも今代の国王の妹という立場であること、さらにかつての嫁ぎ先でやらかしていることから、侯爵家の目が届く領都内の屋敷に住まわせるしかなかったのである。

そもそも平民、平民と言っているが、フェリシアは貴族籍を持つれっきとした貴族令嬢である。

さらに言えば、フェリシアの母親であるアリシア自身についても、ラビウス侯爵と正式に婚姻関係を結んだ側室の一人だったりする。

その娘であるフェリシアは、何故か母親がただの妾であったと思い込んでいるが。

「ところで、アレに回される予定だった予算ですが、本当に私が自由にしてしまっても良いのですか？」

「ええ、構わないわ。貴方にはこれから色々と動いてもらうこともあるでしょうからね。そのための資金と報酬と思ってもらっていいわ」

「なるほど。そういうことであれば、ありがたく頂戴いたします」

当たり前のことではあるが、ラビウス侯爵家はフェリシアの生活費や教育費、使用人を雇う費用などの予算を用意していた。

本来であればその予算はラビウス侯爵家の本宅に勤める使用人が管理しているのであるが、貴族としてそれなりの身分を持つオーウェンが担当者に対して予算の横流しを強要したのである。

結果、予算管理の担当者にも幾ばくかの取り分を与えることで、その予算をオーウェンが自由に使えるようになっていた。

「それで？　いつまで残しておくつもりなの？」

「そうですね。さすがにアレが成人する頃まで引っ張るのはデビュタントの準備などもあって難しいでしょうし、もしアレを旦那様が学園に通わせようとした場合も、やはりごまかすのは難しいでしょう。ですので、少しもったいないですが、学園に通う準備が始まる前、およそ三年後くらいまでには処分しようと考えています」

「そう。まあ、そのあたりの判断は任せるわ。ただし私の生活に影響がないように、ね」

「はっ、心得ています」


そんな不穏な会話により、フェリシアのあずかり知らぬところで自身に対する勝手な決定がなされていた。

そもそもこの二人の行動など穴だらけなのだが、オリヴィアの輿入れやアリシアの葬儀などにより、ラビウス侯爵家内がごたついていたため、運悪く全てのことが上手く運んでしまった。

もし、フェリシアが自身で領都の屋敷を訪ねたり、再度の問い合わせを行うことを選択していればすぐに露見していただろう。

けれど、フェリシアはラビウス侯爵家からの返答を疑うことなく信じ、与えられた屋敷でひっそりと生活することを選んでしまった。

その結果、オリヴィアやオーウェンの杜撰(ずさん)な企みによる不確定な生活が決定したのであった。

第二章　新生活の始まり

第09話　新生活の始まり

オニキスとの人間一人、馬一頭の新しい生活が始まった。

冷たい水で顔を洗い、寝ぼけた頭を目覚めさせてからオニキスのもとへと向かう。

時刻は日が昇り始めた早朝。習慣とは恐ろしいもので、遠出から帰ってきた翌日だというのにいつもの時間に目が覚めてしまった。

まあ、前世の記憶からして、怠けだしたら坂を転がるように堕落していきそうだからいいんだけれどね。

「おはよう、オニキス」

そう声をかけながらオニキスのいる厩舎(きゅうしゃ)へと入る。

かつての屋敷の主(あるじ)が馬を飼っていたのか、この屋敷にも立派な厩舎があったのは助かった。まあ、その存在を知っていたからこそ馬を手に入れようと考えたわけだけれど。

ゆっくりと近づく私に気づいてオニキスが顔を見せる。

うん、突然の引っ越しになったはずだけれど、特に調子を悪くしているようには見えないね。

「ちょっと待っててね、ご飯持ってくるから」

オニキスの身体をひとなでしてから、倉庫へと昨日買ってきた飼い葉を取りに行く。

身体強化をかけて山盛りにした桶を持って戻り、水魔法で飲み水を新しくしてからオニキスがしっかりと食べているのを観察する。

「うんうん、良い食べっぷりだね」

わかったように頷きながら、今後のことを考える。

飼い葉を持ってくるのも水を用意するのも魔法があるのでそこまで苦にはならない。ただ、これからのことを考えるとオニキスにもっと自由に動いてもらった方が良いのかもしれない。

きちんと考えたつもりだったけれど、実際には必要となるお世話のことなど、色々と知らないことが多い気がする。頭になかったせいで必要なお世話のことも貸馬屋で聞くことができていない。

一応、お母様からの教育のおかげで簡単なお世話の仕方は知っているけれど、専門にしている人たちとは差がある気がする。あの教育だって、冒険中に必要になった馬を一時的にお世話をするためのものだったので家で馬を飼う場合については考えられていないはずだ。

……いや、基本は同じだろうから大丈夫か？

うん、やっぱり不安だから今度町に行ったときに確認しよう。とりあえず、それまでは昔教わった方法でお世話するしかない。

たぶん、一週間もしないうちに屋敷でも何か足りない物が出てくるだろうし、さすがにそれくらいの期間なら大丈夫なはずだ。

「じゃあ、私も朝ご飯を食べに戻るね」

オニキスが半分ほど食べ終えたタイミングで、そう声をかけて屋敷へと戻る。

新しい生活はまだ始まったばかりだ。不安も大きいけれど、これからの生活に対する期待もそれなりにある。

オニキスと二人でのんびりと快適な生活にできるようにしていこう。

第10話　今後の方針

「さて、何から手を付けようかな」

屋敷で簡単に朝食を済ませ、改めて声に出して確認する。

普通に考えて、やるべきことは多いはずだ。多過ぎて何から始めればいいのかがわからないだけで。

「こういうときは、優先順位を付けていけばいいのよね」

そう声に出し、必要になりそうなものを考え始める。

生活する上で必要なものはお金だ。

幼い少女の見た目で言うとアレな気がするけれど、実際必要なのだから仕方ない。ただ、このお金がオニキスを買ったことでほぼ尽きてしまっている。

「一つ目は金策か……」

一つ目からなかなかにきつそうなものが出てきてしまった。

課題としてはありふれたというか、ほぼ全ての人が必要とする物ではあるけれど、今の私の見た目が幼い少女だというのが問題だ。

テキトーなアルバイトなんかでは雇ってもらえないだろうし、かといって自分で商売をしようにも外見でアウトになってしまう。

「そうなると、やっぱり冒険者ギルドで素材の買い取りをしてもらう形になるのかな」

この方法なら幼い少女の外見でもまだセーフなはずだ。平民の子供がたまに素材を持ってくるという話を聞いたことがあるし。

それでも私くらい幼いというのは珍しいだろうけれど。

「お金はそれでいいとして、次は食べ物かな。まあ、お金が稼げればそのお金で買えばいいのだけれど、私の置かれた状況的にあまり町に顔を出し過ぎるのもどうかと思うのよね。ひとまず、勝手にやってろということで放置してくれるらしいけれど、頻繁に町に出向くと噂(うわさ)になるかもしれないし。そんな噂がまかり間違って領都のラビウス侯爵家にまで伝わると、何らかのちょっかいがかけられるかもしれない。そう考えると、目指すは自給自足だね」

正直、せっかくの機会だからというのもある。まあ、そんな軽い気持ちでいられるのは数日だけだろうけれど。

ともあれ、そうなるとしばらくはお金を稼いで、そのお金で自給自足で生活できるように環境を整えるということになるのかな。

さすがに他の人と一切関わらずにいるのは難しいと思うけれど、できれば町に出る回数は年に数回程度に抑えたいところだ。

「で、しばらくの目標はそれでいいとして、やっぱり一番の問題は将来をどうするかよね」

将来について。

まあ、この屋敷にずっと住み続けることができるのであれば、そこまで気にすることはないのかもしれない。けれど、さすがにそれは楽観的過ぎるだろうし。

一応、私が来るまでのこの屋敷の放置具合を見るに可能性がないとは言わないけれど、さすがに何十年もこのまま放置されるとは思い難(にく)い。

そうなると、この屋敷を離れて生活していくための何かが必要になる。つまり、将来の職業をどうするかという話だ。

まあ、素質的なものを考えると冒険者一択という気もするけれど。

「いや、自分の可能性を自分で否定するのは良くないっ！　きっと冒険者以外の可能性が、可能性があるはずっ!!」

なんとなく泥にまみれて森を這いずり回っている未来の姿が見えたので力強く否定してみたけれど、どうなることやら。ただ、真面目に冒険者以外を目指すなら何を目指すべきなんだろうか。

とりあえず、商人は身元がはっきりしないから難しい気がする。

自分で行商人から始めれば別かもしれないけれど、正直そこまで商人になりたいという憧れや願望はない。

同じように、手に職をつける職人系も身元がはっきりしないと難しいと思う。

イメージ的には商人よりはマシな気がするので、弟子入りできればワンチャンあるのではないかと思わないでもない。ただ、こちらも憧れているような職があるわけではないので、それを見透かされて無理かもしれない。

他の街中の職だと売店や食堂の売り子だろうか？

ただ、これについては偏見かもしれないけれど、この世界では結婚までの腰掛けというイメージがある。まあ、将来の目標が家庭に入ることなら候補としてはありかもしれない。問題は私に結婚願望がないということだけれど。

「もしかして街中の職業は全滅？　……私には街の中での平穏はないというの!?」

いや、実際のところ、一生を街中で平穏に暮らしたいかというと微妙だったりはするけれど。間違いなく、お母様の影響だね。良いか悪いかで言えば間違いなく悪い影響を受けているよ。

「あと、考えられるのは魔法を活かした職なんだよね～」

ただ、この魔法を活かした職というのはあまり多くない。というよりも、冒険者を除くとほぼ国に仕える役人的な立場になってしまう。

そうなるとラビウス侯爵家がどう出てくるのかがわからないので選択肢としては選びづらくなってしまう。

「あ～、結局、冒険者として稼いでからどこかテキトーな場所で隠居するのが一番な気がしてきた」

どう考えても幼い少女の考えることではないけれど。

でも、考えてみると街中で平穏に暮らせるような職を選んだとしてもラビウス侯爵家が絡んでくる可能性を排除できないんだよね。思い返してみると、あの家って色んなところと縁戚になっているから思わぬところでつながりがあるかもしれないし。

「はぁ。でもまあ、まずは当面の生活をどうにかしないことには始まらないんだけれどね」

机に倒れ込むようにしながら愚痴をこぼしてしまった。

第11話　現状確認

思ったよりも長い時間うだうだと考えていたようで、気づけば窓の外の太陽が高い位置になっていた。なので、頭を切り替えて行動に移ることにする。

まずは現状の確認だ。

「といっても、屋敷の中はある程度やってあるから、屋敷の外の確認なんだけれどね」

誰にともなくそうこぼして屋敷の外へと向かう。


「で、この状況なのよね」

一応、屋敷に引っ越してきてからの使用人を待っている期間にも少しは屋敷の周りを確認していた。

なので、初めて見るというわけではないのだけれど、それでもつい口から愚痴がこぼれるくらいには残念な光景だ。それなりの規模の、おそらくは薬草畑であった場所が、見渡す限り濃い緑で覆い尽くされているというのは。

別に緑で覆い尽くされているといっても、草原のような光景であればこんなことは思わない。明

らかに異常成長した草花が互いに絡みつくようにして伸び放題という状態になっているから残念なのだ。

「ひとまず、原因を探さないとね」

そんなことをつぶやいて目の前の薬草畑（仮）へと足を踏み入れる。

実はこの光景を作り出した原因については目星がついていたりする。

結論から言えば、薬草畑の環境を最適に保つための魔道具が原因だと思う。地下室で見つけた資料からの推測ではあるけれど、おそらく間違っていないはずだ。

ただ、最適な環境に保ったところで何故目の前に広がっているような惨状にまで繁殖するのかが気になるところではある。

……まあ、長い年月で魔道具が暴走して栄養が過剰供給されたとかそういう状態なんだろう。その場合、魔道具の修理が必要になりそうなので、それはそれで問題なのだけれど。

「でもまあ、今後の生活のためにもこの薬草畑くらいはどうにかしないとね」

一応、前の住人が自給自足に利用していただろう場所はこの薬草畑以外にもある。

屋敷にあった資料で確認した限りでは、他にも小麦畑や野菜畑、果樹園と思しき場所がある。

そちらの方が単純な食料確保としては優秀ではあるのだけれど、直近の金策という目的からは外れてしまう。さすがに小麦や野菜を冒険者ギルドに持ち込んでも他を当たれと言われるだけだろうし。

なので、冒険者ギルドが素材として買い取ってくれる薬草の確保が一番理想的なのだ。薬草畑で安定して薬草を育てることができれば、それだけでお金の問題が解決するかもしれないのだから。

まあ、ここで育てられていた薬草にどれだけの価値があるのかわからないのだけれど。


「……にしても、育ち過ぎじゃない？」

薬草畑（仮）に蔓延る推定・元薬草をかき分けて進んでいるけれど、一向に前に進めていない。

後ろを振り返ると少しは進んでいることがわかるとはいえ、幼い少女の力と歩幅では進んだ距離はお察しである。

目の前の惨状の原因であろう魔道具をどうにかするために捜索を開始したものの、この状況を鑑みるに考えを改めるべきかもしれない。

「……先に草刈りをしましょうか」

そうつぶやき、お昼時であったこともあって一度屋敷へと引き返すことにした。

ちなみに、推定・元薬草を持ち帰って魔道具で鑑定してみると、確定・薬草という結果になった。

正直、通常の薬草の四、五倍サイズに異常成長したものを同じ薬草判定する鑑定の魔道具に疑問を覚えないでもなかったけれど、屋敷にあった資料が正しそうだということがわかったのでスルーすることにした。

「さあ、オニキスやっちゃって！」

お昼を食べて気を取り直した私は、助っ人のオニキスを連れて薬草畑へと戻ってきた。

目の前の異常成長した薬草を刈りつくすような魔法が使えれば良かったのだけれど、あいにくとそういう便利な魔法はまだ教わっていない。

なので、オニキスの出番だ。

牛飲馬食なんて言葉があるくらいなのだから、元軍馬であるオニキスにかかれば目の前の異常成長した薬草ごとき大したものではないはず。そういう期待を込めてオニキスを見上げたのだけれど、無茶言うなとでもいう感じで顔をそらされてしまった。

「くっ、さすがにこの量は無理かっ……」

まあ、冗談はさておき、私も倉庫から持ってきた鎌を手に目の前の惨状に立ち向かうことにする。

目の前の薬草群を一気に刈り取るような魔法は使えないけれど、身体強化であればお手の物だ。

幼い少女の身長で大人以上の力を出せるのだから、おそらくは大人よりも効率よく草刈りを進めることができる。

「まあ、今日明日でどうにかしないといけないわけでもないし、ゆっくりやりますか」

目標としては一週間以内ではあるけれど、食料の備蓄的には一ヶ月程度は町に行かなくても問題ないはず。

なので、伸び放題の薬草を食(は)んでいるオニキスを見ながら、そんな風にゆるく考えてしまうのだった。

第12話　農業用魔道具

魔境と化していた薬草畑に手を入れることを決めた翌日。

無駄に手ごわい薬草たちに苦労しつつ、原因となっているであろう魔道具をどうにか見つけることができた。

「いやいやいや、手ごわ過ぎるでしょう。絶対薬草じゃない別の何かになっているよっ！」

思わずそんなことを叫んでしまうけれど、屋敷の鑑定魔道具を信じるのであれば、刈り取ったものが薬草であることに間違いないはずだ。

「で、問題の魔道具は元気に稼働中と」

この惨状を見るに、予想できたことではあるけれど、見つけた魔道具は問題なく稼働していた。

暴走しているのでは？　という疑惑もあったのだけれど、パッと見では特に壊れていたりする様子はない。

「さて、どうしてやろうかな」

今さらながら、深く考えていなかったことに気づいてしまう。

まあ、この薬草畑を自給自足の足掛かりにすることを考えるのであれば、ひとまず停止させるべきだと思う。ここを使って引き続き薬草を育てるにしても、一度まっさらな状態にしてから種類や規模を考えたいし。

「というわけで停止させたいんだけれど、……スイッチってどこ？」

いや、スイッチでオンオフできる魔道具かもわからないけれど。

とはいえ、一般的な魔道具であればスイッチ代わりの魔石に魔力を流せばオンオフできる。ただ、それなりに高機能そうなこの魔道具がそんな単純な仕組みをしているかどうか。

改めて目の前にある魔道具を観察してみる。

サイズとしては前世の点字ブロック一枚分くらいだろうか？　四角い板のような形状で、中心に設置された丸い魔石が青く光り輝いている。

外観的には中心の魔石以外に目立つものはなく、金属色の本体の四隅に飾りのような紋様がついているだけだ。

ならばと、上部だけではなく側面の確認をしてみるも、板状の魔道具ではなく箱状の魔道具が埋められているということがわかっただけだった。

「……ま、いっか。試してみれば、わかるでしょ」

一瞬の逡巡(しゅんじゅん)の後、軽い気持ちで稼働中であることを示すように青く光る魔石へと手を伸ばす。

指で魔石に触れ、そのまま魔力を流す。

するとと、魔道具からホログラムのような設定画面が浮き上がってきた。

「おぉ……。さすがは高性能っぽい魔道具、設定画面が出てくるとは」

少し驚いてしまったけれど、とりあえずは出てきた画面を確認してみる。

「育成対象設定とステータスに分かれているのね」

まずは育成対象設定の方から。

というか、タブで切り替えるタイプみたいだから、既に表示されているのが育成対象設定の画面だったのだけれど。

「育成対象が薬草、育成サイクルが三ヶ月、土壌改良、水やりは自動、と。ついでに害虫駆除、育成状況の監視による疫病対策もバッチリと」

なにこれ。設定を見る限り、全部魔道具がやってくれそうなんだけれど。

というか、人間がやるのって種を植えるのと収穫だけ？　便利過ぎてダメになりそうな気がするレベルだよ。

「まあ、気を取り直してステータスについても見てみますか。育成対象設定の画面にはオンオフの表示がなかったし、こっちにあるのかな？」

そんなことを言いつつ、タブを切り替えてステータス画面を表示する。

瞬間、新たにポップアップウィンドウが飛び出すように表示された。

「……うん、薬草が別の何かになった原因はこれだね」

ウィンドウには、異常を強調するように〝魔力過剰状態〟という文字が赤く点滅しながら表示されていた。

とりあえず、警告表示のウィンドウを消して、改めてステータス画面を確認する。

一番上には残存魔力量の表示があり、メーターが満タンになっている。見た目ではわからないけれど、先ほどの警告通り〝魔力過剰状態〟になっているのだろう。

次いで稼働状態の表示があり、〝正常〟となっている。

……いや、〝魔力過剰状態〟は異常なのでは？

まあ、いいや。それは置いておいて、次の表示だ。

〝ポイントA〟というのは何なのだろう？

いや、たぶん場所を表す何かだとは思うのだけれど。Aというからには B や C もあるのだろうか？

そんなことを考えつつ、その表示をタッチしてみると新しい画面が表示された。

「ああ、そういうことか」

新たな画面を見たことで理解できた。この〝ポイントA〟というのは魔道具の位置関係を示すものだ。

どうやら、この魔道具を四つ使って作った四角形の内側が魔道具の効果が及ぶ範囲になっているらしい。で、〝ポイントA〟というのはその四角形の左上の位置を表すらしい。

「つまり、後三つ魔道具が設置されているのね」

そうつぶやいて薬草畑を見回す。

相変わらず、魔境のような鬱蒼とした光景が広がったままだ。唯一、この魔道具まで続く道のような場所だけさっぱりした感じになっている。

「あれ？　でも、この位置関係だと〝ポイントC〟になるんじゃ？」

いや、〝ポイントC〟でも微妙な位置かな？　この魔道具のある場所は、位置関係としては薬草畑の奥行きの半分くらいの位置だと思うし。

「ということは、このエリアをさらに奥と手前で二分割している？」

もしかしたら、さらに分割されていて四分割以上という可能性もあるかもしれないけれど。

というか、よく考えてみると〝ポイントC〟にあるはずの魔道具を見逃している？　そう思って後ろを振り返ってみるけれど、特に魔道具らしきものは見当たらない。

「うーん、一応は正常に稼働しているみたいだし、ないってことはないと思うのだけれど」

そう言いつつ、もしかしたら向きが違うのかもしれないとも思ったけれど、それだと魔道具の効果範囲が薬草畑からはみ出してしまう。そうなると、やっぱり薬草畑を手前と奥で分割しているという風に考えた方が自然だ。

「まあ、この場所を基点にして考えれば、そう時間もかからずに見つかるだろうからいっか」

……草刈りに時間がかかるだろうけれどね。

第13話　薬草畑の現状

「うん、これで止まったね」

魔道具がたくさんありそうだという可能性に気を取られてしまったけれど、ひとまず当初の目的を果たすことにした。

つまり、魔道具の停止だ。

幸いにして、魔道具のオンオフはステータス画面の中にあったのですんなりと停止させることができた。

ちなみに、ポイント設定に関しては四つ使用するもの以外に、一つ使用と二つ使用の方法があるらしい。ポイントの部分をタッチして出てきた画面の中に設置数の設定があったので、それで判明した。

「あー、気づいたら結構いい時間になってる。オニキス、私はお昼ご飯を食べてくるよ」

ほぼ真上にある太陽を見上げてから、オニキスに声をかけて屋敷へと戻ることにした。

「魔道具は四個×六エリアで二十四個かな？　とりあえず、この薬草畑のエリアだけだけれど」

昼食後、薬草畑に戻ってきた私は方針を変更して、手前側にあるはずの魔道具を探すことにした。

まずは昼前に見つけた魔道具と同じグループに設定されているポイントCの魔道具を探すところから。

これは比較的あっさりと見つかった。おおよそ目星をつけた周辺を注意して探してみると土に埋もれている魔道具が見つかったので。

で、その魔道具も同じように停止させてから、今度は横に向かって草刈りを開始。

午後一杯を使って、どうにか薬草畑の横方向の全てを確認することができた。

まあ、最初の一個を見つけるまでは手探り状態だったせいで、ふらふらとやや広範囲に草を刈っていたりしたからね。

今回は目標もはっきりしていたし、ポイントDに位置する魔道具を見つけてからはさらにおおよその位置も見当をつけることができたのも良かったみたいだ。

「まあ、それでもこの薬草畑全体を刈りつくすのは相当時間がかかりそうだけれど」

これはあれかな？　魔道具の範囲が六分割されていることもわかったし、まずは一カ所だけきれいにして、残りは気長にやるのが良いのかな。そうすれば、オニキスのエサも確保できるし。

「よしっ、そうしよう！」

頭の中で考えをまとめ、そう声に出して結論付ける。

ひとまず、日も落ちたことだし今日のところは終わりにしよう。

翌日。まずは一カ所のエリアをきれいにしようと思っていたけれど、それより先に魔道具だけは停止させておかなければということで、残った魔道具の捜索を行うことにした。

といっても、手前の三つのエリアについては、見つけることができた魔道具を全て停止させたのでそのエリアとして効果は出ていないはず。一応、見つけられていない魔道具は稼働状態になっているだろうけれど、設定異常になって魔道具の効果は発揮されていないはずだ。

なので、やりたいのは奥側にある三カ所のエリアを構成する魔道具を停止させること。まあ、およその位置がわかっているし、各エリアの魔道具を一つ以上停止させればいいのだから、昨日と同じように半日程度で終わるでしょう。

「くそぅ、考えが甘かったか……」

ひとまず、奥側の魔道具を停止させるという目標は達成できた。ついでに今日という一日も終わってしまったけれど。

「はぁ、気持ちを切り替えて明日から頑張るしかないか」

そんなことを口にしてやる気を出そうとするものの、イマイチ効果はない。

何故なら、今日見つかった魔道具の数が十二個あったから。そう、奥側のエリアは手前よりも細かく分割されていたのだ。

で、昨日見つけた手前側のエリアは正方形に設定されていた。

それと同じだと考えると、奥側にはさらに分割されたエリアが存在しているということになる。

もちろん、奥側のエリアが縦長に設定されている可能性もあるけれど、それは望み薄な気がする。

「まあ、薬草の種類ごとの需要とかを考えると大量に必要になるものと少量でいいものとで違うんでしょうけれど、今の私的にはメンドーなだけだわ」

暗くなってきた中、薬草畑の奥を見てそう愚痴をこぼす。

とりあえず、考えるのは明日にしよう。そう考えて屋敷へと帰ることにした。


明けて翌日。とりあえず、薬草畑の奥については考えないことにして、手前のエリアを一つ使えるようにするという当初の目的に立ち返ることにした。

正直、メンドーだっただけというのは否定しないし、ただの先送りだというのもわかっている。

それでも、ちょっと心が折れてしまったのだから仕方がない。

で、手前の三つのエリアについてだけれど、植えられていたのは二種類の薬草だった。左と真ん中がソルベ草、右がリリル草だ。

この二つはマナポーションの材料となる薬草らしく、おそらく以前の屋敷の主人が特に必要としていたのだと思う。なにせ、やっていたのが魔法の研究なのだから、魔力を回復させるマナポーションは必需品だったのだろう。

三つのエリアからどのエリアを使うか。

正直、決めかねている。まあ、深く考えずにどこか一つをテキトーに選んでもいい気はするけれど、できればこれからの資金稼ぎに使いやすいものが植えられていた場所が良い。

理由は魔道具の設定がメンドーだから。

うん、この魔道具、設定画面から育成対象の設定ができるくせに魔道具内の魔導回路を交換しないといけないんだよ。つまり、設定画面から変更できても、実は魔道具によって育成対象は決まっているという罠。いや、なら最初から固定しておけよと思ったね。

「というか、この魔道具って自作っぽいんだよね」

素直に考えるなら、節約とかのために自作して魔導回路を固定したというところだろうか。固定じゃなかったら、単純に設定可能な種類の分だけ魔導回路が必要だということだろうし。そうなると魔導回路の分だけコストがかかる。

汎用性はなくなるけれど、種類が決まっているのであれば固定してしまった方が簡単だったのだろう。もしかしたらサイズ的にもメリットがあったのかもしれない。

「でも、再利用しようとしている私は苦労するっていうね」

そう愚痴りながら薬草畑を眺める。

一部だけ薬草が刈り取られてすっきりしたところがあるけれど、全体的には相変わらず鬱蒼とした状態だ。長期戦は覚悟の上とはいえ、やはりうんざりする光景には違いない。

「はぁ、とりあえず一度町まで売りに行ってから何を育てるかを決めますか。そうなると、今日は各エリアの薬草を少しずつ確保してから明日の準備という感じかな」

手前の三エリアと奥、あるいは中間の六エリアの薬草を集めて売りに行けば多少は生活費の足しになるでしょう。で、実際に売れた中で一番お金になったものが育てられているエリアから手を付けるという方向で。

そんな風に方針を決めた私は、気合を入れて目の前の薬草畑へと突撃していった。

第14話　薬草の買い取り依頼

「すみません、薬草の買い取りをお願いします」

町に到着してすぐにギルドへと向かい、受付で薬草の買い取りを申請する。

時間的にお昼前の中途半端な時間だったせいか、受付のお姉さんはぼんやりとしていたみたいだ。

私の声に気づいて少し慌てている。

「っ、すみません、買い取り依頼ですね。では、こちらに薬草を出してください」

そう言ってカウンターに出された籠に持参した薬草を入れていく。

一応、薬草の買い取り単位は十本単位でまとめた束が基本だと聞いていたので、各種五束ずつ持ってきている。魔道具を停止させたエリアは九エリアだったけれど、育てられていた薬草は四種類だったので、合計二十束だ。

「これでお願いします」

「はい。では、確認させていただきますのでしばらくお待ちください」

籠についていたのと同じ番号の札を私に渡してから、受付のお姉さんが薬草を奥へと持っていく。

それを見送り、待っている間にギルド内の観察でもしようと移動する。

しかし、入ってきたときにも思ったけれど、この時間帯は人が少ないみたいだ。まあ、だからこそ受付のお姉さんも気を抜いていたのだろうけれど。

私みたいな飛び込みの客が来たらどうするんだと思ったけれど、よくよく考えてみるとここは辺境の町だ。それも、近くの魔の森へと向かう冒険者たちで賑(にぎ)わっている町。

つまりは私みたいな飛び込みは本当に珍しいのだろう。

この町を拠点にしている冒険者たちは当然朝の早いうちに行動を始めるだろうし、他所(よそ)の町から移動してくるとしても中途半端な時間だ。それを考えると、普段は本当に誰も来ないような時間帯なのかもしれない。

そんなことを考えながら、壁際の依頼票が貼り付けられている場所へとやってくる。

ギルド内の見える範囲にいるのはテーブルで打ち合わせをしている冒険者たちと受付のお姉さん

だけ。

若干、幼い少女が依頼票なんて見ていたら目を引くのではないかと思ったけれど、受付のお姉さんは買い取り依頼の鑑定待ちだとわかっているし、テーブルの冒険者たちはそもそも私に気づいているかすら怪しい。

なので、異世界もののテンプレなど関係なしにゆっくりと貼り出されている依頼を確認することができる。

「基本的に採集依頼ばっかりなのか……」

魔物の討伐依頼が大半を占めているのかと思っていたので、なんとなく意外だ。

とはいえ、いくら魔の森があるからといって、常に魔物の討伐依頼を出さないといけないような町では人が寄り付かないような気もするのでそんなものなのかもしれない。一応、採集の護衛依頼なんかもあるので、別に魔物がいないというわけでもなさそうだし。

「一番の札をお持ちのお客様。査定が終了しましたので受付までお越しください」

依頼票を見終わってそんなことを考えていると、タイミングよく受付から声がかかる。

その声に打ち合わせ中の冒険者パーティーが反応するけれど、すぐに興味なさげに打ち合わせへと戻る。もしかしたら、彼らも査定待ちだったのかもしれない。

……いや、それだと私の番号が一番というのもおかしいか。

「これが今回の薬草の買い取り金額になります。問題なければサインをお願いします」

受付カウンターまで戻ると、受付のお姉さんがお金の載ったトレイと一枚の書類をこちらへと差し出す。書類には薬草の種類ごとの状態と買い取り単価、つまりは査定結果が記載されていた。

「買い取り単価が高くないですか？」

内容を一通り確認したところで、疑問に思ったことを質問する。

はっきりと覚えているわけではないし、数年前の情報なので絶対ではないけれど、全種類の買い取り単価が相場の二倍以上になっている気がする。一応、ここは魔の森近くの町ということもあって、ある意味産地であるはずなのだから、逆に相場よりも安いというのであれば納得できたのだけれど。

「あぁ、それは薬草の品質のせいですね。ここに書いてある通り、お持ちいただいた薬草が全て二等級のものでしたので通常の価格よりも高くなっているんです」

「品質……。ちなみに等級を判断する基準は何なのですか？」

「それは薬草が含有している魔力量ですね」

あぁ、なるほど。確かに魔道具の暴走によって異常繁殖していた薬草たちであれば、その含有魔力は結構な量になっているだろう。

「わかりました。この買い取り金額でお願いします」

理由に納得できたので、書類にサインしてお姉さんへと渡す。

薬草の買い取りなど大した額にならないと思っていたけれど、幸運なことに、異常繁殖した薬草が残っている間はボーナスタイムとなるらしい。

「はい、確かに。……あの、もし良ければでいいんですが、どこで採集してきたか伺っても？　二等級の薬草となると、魔の森のそれなりに深い場所まで行かなければ採集できないと思うんですが」

「あぁ、別に魔の森で採集したわけではないですよ。屋敷の薬草畑で異常繁殖していた薬草を持ってきただけですから」

「異常繁殖ですか……。それはそれで大丈夫だったんですか？」

「長期間放置されていたことと、魔道具が暴走していただけなので問題ないです。暴走していた魔道具も停止させましたし」

「なるほど」

そのやり取りを最後に、お金を受け取ってギルドを後にする。

今回の薬草の買い取りによる収入は、合計で一万六千ゴル。屋台の串焼きであれば百六十本買える金額だ。

……うん、あんまりわかりやすくないね。

冒険者の一日の稼ぎが大体五千ゴル程度らしいので、おおよそ三日分。こう考えると多少わかりやすい気がする。

冒険者だとこの金額で生活するのがギリギリだという話だけれど、私の場合は屋敷があるので宿代が必要ない。

そう考えると、この金額はそれなりなのではないだろうか。そもそも、今回はどの程度の額で売れるかを調べるためのお試しのつもりだったわけだし。

屋敷に帰れば、まだ薬草が文字通り溢(あふ)れるほど残っている。次から量を増やして持ってくれば、一財産とまではいかなくともある程度まとまった額にはなるはずだ。

長期的に稼ぐ方法は改めて考える必要があるとしても、少なくとも直近数ヶ月を乗り切る目途は立った気がした。

第15話　再びの町

ギルドを出た私は、前回も訪れたマリーの宿屋を目指すことにした。まあ、目指すといっても目の前なのだけれど。

「いらっしゃい。おや、お嬢ちゃんはこの前も来たんじゃないかい?」

「はい。何日か前にも食べに来ました。前回の食事がおいしかったので、またここで食べさせてもらおうかと」

「あらまあ、うれしいこと言ってくれるじゃないか。これはサービスしてあげないといけないね。ともあれ、まずは席に案内しないとね。前と同じカウンターで構わないかい？」

「はい、大丈夫です」

そんなやり取りをして、今回もカウンター席へと腰かける。

前回は店内にお客さんがそれなりにいたけれど、今日はまだお客さんが入っていないようだ。昼食にはやや早い時間だから、それも仕方ないのかもしれない。

「注文はどうするんだい？　前も説明したと思うけど、お昼はステーキかシチューのどちらかだよ」

「前回はステーキだったので、今日はシチューのランチにします」

「あいよ。まだ客も少ないし、すぐにできるからね」

そう言って奥へ向かうマリーさんを見送る。

そのまま何となしに店内を見ていると、言葉通りほとんど待つことなくランチを持ったマリーさんが戻ってきた。

「はい、お待ち。シチューは熱いから気を付けてね」

「はい、ありがとうございます」

注意とともに置かれた料理に目を向けながらお礼の言葉を返す。ただ、意識は目の前のシチューに持っていかれてしまっている。そのことがわかったのか、マリーさんは小さく苦笑してから奥へと戻っていった。

今日はオニキスに乗せてもらって町に来たからそこまで疲れていないはずなのだけれど、朝が早かったからか思っていたよりもお腹が空いていたらしい。そのせいで、おいしそうなシチューの匂いに意識を奪われてマリーさんに呆れられてしまった。

「いただきます！」

過ぎたことは仕方ないので、無駄な抵抗はせずに目の前のシチューを堪能することに決めた。

「そういえば、前にヒュージボアを狩っているという話を聞きましたが、他にも獲れるものはいるのですか？」

食事を終え、マリーさんもまだ忙しくなさそうだったので質問してみる。

これから自給自足の生活を送る上で、食卓にお肉があるのとないのとでは幸福度が大きく違ってくるからね。

「うん？　森で獲れる獲物の話かい？　それならボア以外にもウサギやシカ、野鳥なんかが獲れるはずだよ。まあ、冒険者連中が狩ってくるのはほとんどボアだけで、他のはほとんど出回らないけどね。ウサギやらシカ、野鳥なんかはついでに獲れたときに少し出るくらいかね。基本的にボア以外の肉は買い取りが決まっている依頼が多いみたいだから」

「そうなんですね。ちなみに、ウサギとかであれば森の浅いところで狩れたりしますか？　罠を仕掛けるとかでも構わないのですが」

「もしかして、お嬢ちゃんが狩ろうと思っているのかい？　それはさすがに無理だよ。罠を使えばもしかしたらとも思うけど、そもそも森の中に入ること自体が危ないからね。肉が欲しいんであれば、素直に商業ギルドに行ったり、冒険者ギルドに依頼した方が良いよ」

「そうですか……」

そんな会話をしたのち、新しく入ってきたお客さんのもとへとマリーさんは向かっていった。

よくよく考えてみれば、マリーさんの言う通り冒険者ギルド、あるいは商業ギルドで確認すべきことだった。

ただ、自分で狩りをしたいという話をするとマリーさんと同じように心配されそうなので、確認するときはそのあたりをぼかして話す必要があるかもしれない。

前回の買い出しでは普通に店でお肉を買って帰ったけれど、今後町へ来る回数を減らすのであれば屋敷近くの森で自分でお肉を手に入れる方法を見つける必要がある。

そんなことを考えつつ、マリーの宿屋を後にした。

「しばらくは定期的に町に来ることになるだろうから、お肉は店売りの物でも構わないかな？」

今日は町で泊まらず屋敷に戻るつもりなので、前回と同じように食材を中心に買い物をしつつ町を巡る。

ひとまず金策の手立てもできたし、すぐに必要なものも特には思いつかない。

けれど、何かしら不足するものが出てくるだろうから、しばらくはそれなりに町に来ることになると思う。であれば、お肉に関してはゆっくりと考えればいい気がする。

とりあえずは次回の薬草の買い取り依頼の際に森にいる獲物に私でも狩ることができる種類がいるかを確認することだろうか。

そう考えると、今日のところはとりあえず今ある環境でもどうにかなりそうな野菜などの栽培を考えた方が良いのかもしれない。まあ、こちらはこちらで畑を使えるようにしないといけないのだけれど。

「いや、魔道具を使わなければ、片付けた薬草畑でも野菜を育てるエリアを確保できる？」

ふと思いついた考えが口から出る。

なんとなく、薬草は薬草畑に、野菜は野菜用の畑にと思っていたけれど、魔道具を使わないのであれば、わざわざ野菜畑を復活させる必要がない気がする。

「……でも、魔道具なしで野菜が育てられるのかな？」

けれど、すぐに根本的な問題があることに思い至った。

あいにくと、私に野菜を育てた経験はない。前世でも本格的な農業はもちろん、家庭菜園レベルのものすら経験がない。

そんな私が手探り状態で自給自足の生活が送れるレベルの野菜を育てられるのか。

「でも、やってみればどうにかなる、……かも？」

その後も色々と悩んだけれど、結局は素人でも簡単に育てられるという野菜の種をいくつか購入してから屋敷へと帰ることとなった。

第16話　薬草畑の問題

「とりあえず、この惨状をどうにかしないとね……」

町へと出かけた翌日、相変わらずの惨状を呈している薬草畑へとやってきた。しばらくはこの異常成長した薬草を売りに行くことでどうにかなるとはいえ、改めて目にする薬草畑のひどさにはついつい愚痴をこぼしたくなる。

今回買い取ってもらった薬草たちは、結果として十分な金額になった。正直、薬草畑の広さを考えれば、一、二年はそれを売るだけで生活できるのではないかというくらいだ。

なので、この薬草畑もそのまま放置して都度薬草を採取して売りに行く形でもいいのではないかと考えないでもなかった。

まあ、さすがにそれは厳しいだろうということで諦めたけれど。

現状の薬草畑がイレギュラーな状態である以上、それに頼り切りになるのは危険だろうという判断だ。可能性は低そうだけれど、もしかしたら薬草が突然枯れるなんてこともあるかもしれないし。

そういうわけで、今後、薬草で生計を立てていくとしても一度薬草畑を正常な状態に戻すべきだろうと考えた。要は、当初の予定通り一度薬草を全て刈り取ってまっさらな状態にしてしまおうということだ。

まあ、薬草畑全体を刈り取ってしまうと薬草の保管をどうするかという問題が出てくるので、全体を一気にやるのではなくエリアを一つ一つ片付けていくつもりだけれど。

「はぁ。嘆いたところで何も変わらないし、少しずつでも進めていきますか……」

現実逃避気味の思考を元に戻し、諦めて薬草の刈り取り作業に取り掛かることにした。

「うわぁ、どうしようこれ……」

ひとまず手前左側のエリアから薬草の刈り取りを進めていたのだけれど、屋敷で昼食を食べて帰ってきたところで初日に刈り取ったあたりから新たに薬草の芽が生え始めていることに気づいた。

まさかと思い、念のために魔道具を確認してみたけれど魔道具は間違いなく停止していた。つまり、魔道具の効果なしの自然な状態で薬草の新しい芽が出てきたということになる。

薬草に関しては魔素の濃さに応じてその生育速度が変わってくるということなので、魔道具が〝魔力過剰状態〟になるくらいの環境であれば、それはまあすくすくと育つことだろう。

ただ、さすがに数日程度で新しく芽が出るのは想定外だ。

改めて薬草を植えたのであればまだしも、薬草を刈り取っている最中に新しく生えてくるのは、ただただ面倒が増えるだけなのでやめてほしい。

「とりあえず、掘り返して肥料代わりに土に混ぜ込んでみる？」

パッと思いついたアイデアを口に出してみたけれど、それをやってしまうとただでさえ魔素が多い環境が悪化するだけなのではないだろうか。というか、このあたり一帯の魔素が濃くなっている根本的な原因を解決しないことには、同じことが繰り返されて薬草の刈り取りがいつまで経ってても終わらないかもしれない。

「でも、魔素が濃くなっている原因って何？　やっぱり周囲の森から流れ込んできているの？」

そうつぶやいて周囲の森を見回してみるけれど、それで何かがわかるというものでもない。

なので、ひとまずは屋敷に戻って対策を考えることに決めた。

「おぉ、なるほど。空の魔石に魔素を吸収してしまえばいいんだ」

屋敷に戻り、地下の実験室の資料を漁ること数時間。気分転換の休憩を挟んだ直後にその本は見つかった。

その方法が書かれていたのは〝便利な魔法陣　三十選〟という本だった。

薬草畑に設置されていた農業用の魔道具のように、魔素を薄くすることを目的とした魔道具があるのでは？　と魔道具の本から確認していたのだけれど見つからず、目先を変えてみようと他の本の確認を始めてみると割とすぐに見つかった。

ただ、この魔法陣を利用する場合、術者、つまり私が魔法陣を起動している間だけしか周囲の魔素を吸収することができないらしい。この魔法陣の効果がどれくらいのものかはわからないけれど、さすがにそれだと効率が悪いだろう。

そんなことを考えつつ、さらに本の続きを確認していくとその問題を解決する補助用の魔法陣が見つかった。

「まあ、みんな考えることは同じだよね」

見つけた補助用の魔法陣は、外部電源的な役割を果たすものだった。つまり、術者が離れてもその魔法陣に設置した魔石の魔力を使用してメインの魔法陣を起動し続けるというものだ。見つけた二つの魔法陣を組み合わせたものを用意すれば、ひとまず薬草畑の魔素濃度を薄めることができるはずだ。

問題は私が魔法陣を描いたことがないことだけれど。

「探したら魔法陣も見つからないかな？」

そう考え、今度は実験室の中から魔素吸収の魔法陣を探してみたのだけれど、さすがに目的そのものの魔法陣は見つからなかった。

一応、似たような機能を持つ魔法陣は見つかったのだけれど、それは魔素を吸収するのではなく魔石に魔力を込めることを目的とするものだった。結果的に得られる効果は同じような気もしたけれど、細かいところがわからなかったので、流用するのは諦めて自作することに決めた。

「まあ、時間はあるしね」

幸いにして、魔法陣を探している際に魔法陣を描くための道具は見つけている。きちんと保管庫に仕舞われていたものなので、鑑定の魔道具でも問題なく使用できると判定された。

後は私がきちんと効果の出る魔法陣を描けるかどうかだけだ。

第17話 魔法陣

「じゃあ、始めましょうか」

朝から実験室の作業台の前に立ち、気合を入れる。

昨日のうちに用意しておいた魔法陣の下書きを作業台の奥に広げ、その手前に新しい魔法紙を広げる。その横に魔法インクの瓶を置けば準備は完了だ。

「ふーっ、まずは練習のつもりでやってみましょうか」

一つ息を吐き、手に持ったペンをインクに浸し魔法陣の作成に取り掛かり始めた。


「……また失敗」

作業を開始して一時間ほど。気合を入れて始めてみたけれど、今ので三度目の失敗になってしまった。

昨日の下書きはあっさりと完成したのに。

そう思うけれど、よくよく思い返してみると完成させるまでに結構な数のミスを修正していた気がする。

そもそも魔法陣とは、精霊言語の文字や記号で構成された図面に沿って魔力が流れることで効果を発揮するものだ。

今回の場合だとその図面を魔法インクで描き、そこに魔力を流して起動させる形になる。

で、その図面を描くときにミスするとどうなるかというと、ミスを修正したところで魔力の流れが悪くなるのだ。少しの修正程度であれば魔法陣の効率が落ちる程度で済むけれど、それが積み重なってしまうと最終的に魔法陣として機能しないという結果になってしまう。

「うーん、ちょっとやり方を考えないと厳しいのかなぁ」

予想以上の苦戦に一度手を止めて考えてみる。

一回目、二回目は細かいミスが積み重なって失敗。先ほどの三回目は盛大なミスをして失敗してしまった。

度重なる失敗で集中力が落ちてきた気もするので、気分転換を兼ねて別の方法を検討してみるのもいいかもしれない。

「魔法インクで描く以外の方法だと、魔法金属で魔法陣を作るとか？　いや、私の場合だと刺繍で描く方がまだ可能性があるのかな？」

別の方法としてパッと思い浮かんだものはこの二種類だ。魔法金属は魔道具に組み込む場合に、刺繍はローブやマント、鎧下などに魔法陣を組み込む場合に使用される。

魔法インクで描く方法は、今回のように実験用の試作に使われたり、持ち運び用の魔法スクロールとして使われることが多い。

そう考えると、やっぱり魔法インクで描く方法が適している気がする。

「そもそも刺繍はともかく魔法金属を扱うのは無理だしね」

魔法金属と言っているけれど、要は魔力を流しやすい金属というだけで、別に特別加工しやすいなどというわけではないのだ。なので当たり前だけれど、それを魔法陣として成形しようとするのであれば、鍛冶か魔法による金属成形を行う必要がある。

お母様から色々な英才教育を受けてきたけれど、さすがに鍛冶はその中に含まれていなかった。魔法による金属成形も、魔法の基礎を教わる段階でしか進んでいなかったので使うことができない。

「かといって刺繍の方もねぇ」

そしてもう一方の刺繍についても、まだマシというだけでそれがすぐに解決策になるとも思えない。貴族家の令嬢の嗜みとして刺繍を教わっていただけで、その腕前はごくごく平凡なのだから。

なので、魔法インクで描くのと比較してどちらが容易いかと聞かれても正直わからない。代替案としては、なしではないと思うけれど。

「さすがに魔法インクで描くやり方自体を変えるのは無理があるかぁ……。でも、今のまま続けても完成するよりも先に魔法紙がなくなりそうな気がするし」

作業台の上に用意された魔法紙に目をやる。

昨日のうちに見つけた魔法紙は二十枚ほど。一応、探せばまだ見つかるかもしれないけれど、それは根本的な解決になっていない気がする。

「魔法インクだと描き直せないのが問題なのよね。……あれ？　別に魔法紙に直接フリーハンドで描く必要ってないんじゃ……」

今さらながら、ふと気づいた事実に愕然とする。

何故かまっさらな状態にフリーハンドで描かなければいけないと思い込んでいたけれど、別にそれが必須というわけではないはずだ。

もちろん、そうすることで魔法陣の発動効率が上がったり、耐久性が上がったりという効果はあると思う。けれど、今私がやろうとしていることに関してはあまり関係がない。

耐久性に関しては高いに越したことはないけれど、頻繁に作り直す必要がない程度にあれば十分だし。なんなら、町で魔法陣の作成を依頼してもいいかもしれない。

「あれ？　もしかして自作する必要すらなかったりする？」

ふと思い浮かんだ疑問が口から飛び出す。

けれど、これに関しては幸いにしてすぐに否定することができた。

「いやいやいや、いくらお金の当てができたからって、無駄遣いはダメでしょう」

無駄遣いではないかもしれないけれど、さすがに実験もなしにいきなり魔法陣の作成を依頼するのはやり過ぎだと思う。そもそも、できるだけひっそりとした生活を送ろうと考えていたのだから、自分でできそうなことは自分でやるべきだ。

「まあいいか。ひとまずは魔法紙に下書きを描いて、その上を魔法インクでなぞる方法でやってみましょう」

新しい方法を試すべく、魔法陣の作成作業に戻ることにした。


「……できた」

作業を再開してからは魔法紙に下書きを描くところから魔法インクでなぞって仕上げるところまでを一気に終わらせた。

結構な時間がかかった気がするけれど、集中力を切らすことなく上手(うま)くできた気がする。というか、これで上手くいっていなかったら、ちょっと今日はもう作業したくないかもしれない。

「問題ない、……よね」

改めて描き終えた魔法陣をまじまじと見る。そのまま視線を奥へとずらして下書きと見比べ、さらには魔法陣の本に書かれたものとも見比べる。

少なくとも見た目は、きちんと魔法陣として形になっているはずだ。

後はこのやり方で描いた魔法陣がちゃんと起動してくれるかどうか。

そう考え、魔法陣へと手を伸ばして魔力を流す。

「よしっ！」

少し不安だったけれど、魔力を込めた魔法陣は淡く光を放ちながら起動してくれた。

ひとまず、実験するための魔法陣としてはこれで問題ないはずだ。

「後はこの魔法陣でどれくらいの効果があるかね」

これで問題が解決してくれることを祈りつつ、作成した魔法陣を手に実験室を後にした。

第18話　魔法陣の確認

「とりあえず、薬草畑のど真ん中に置いてみればいいのかな？」

そう言って、実験室で作成した魔法陣を薬草の刈り取りが終わったエリアへと設置してみる。

一応、確認した本には効果範囲なども書かれていたけれど、改めて薬草畑の広さを確認すると効果のほどが不安に思えてくる。けれど、実験してみないことには始まらない。

感じた不安はひとまず無視することにした。

「ちゃんと動いてね」

魔素を溜めるための空の魔石と外部電源用の魔石を所定の場所に置き、魔法陣へと魔力を流す。

手の触れた場所から魔法陣全体へと魔力が行き渡るのに合わせて魔法陣が光を放つ。

その光が魔法陣全体へと行き渡った瞬間、ひと際強い光を放った。

それを確認して魔力を止め、魔法陣から手を放す。

魔法陣は正常に作動したようで、魔力供給を止めても魔石から供給される魔力によって淡く光を放っていた。

「良かった、補助用の魔法陣もちゃんと動作しているみたい。失敗だったら、作り直すか別の対策方法を探さないといけないところだったよ。あっ、でもまだこの魔法陣の効果次第で別の方法を探さないといけない可能性はあるのか」

魔法陣がちゃんと作動してくれれば、それで問題が解決すると思っていたけれど、実際はまだ半分も進んでいないことに気づいてしまった。

……とりあえず、拝んでおこうかな。

「ちゃんと魔素を吸収してくれますように」

魔法陣を設置した後は効果が出るのを待たないといけないので、残ったエリアの開拓に励むことにする。

一つ目のエリアだけはおおよそ片付いたのだけれど、薬草畑の手前だけで考えてもまだ二つのエリアが残っている。なので、そのまま横に移動して手前真ん中のエリアに手を付け始めた。

手前真ん中のエリアの開拓が一段落したところで魔法陣の確認に向かう。

思った以上に集中していたようで、気づけば太陽も直上近くまで達している。確認が終わればお昼の休憩に入ってもいい時間だ。

「おぉ、空だった魔石が満タンになってる！　魔素の吸収に成功したんだ！」

設置した魔法陣に近づいて魔石を確認すると、空っぽの状態で輝きを失っていたはずの魔石が魔素を吸収したことで微(かす)かに輝きを放つようになっていた。狙い通り、魔石に魔素を吸収させることができたようだ。

「これでこのあたりの魔素異常が解消できそうだね。……でも、これってどれくらいの時間で魔石が満タンになったんだろう？　時間と吸収量次第では他にも対策が必要になるかもしれないよね」

満タンになった魔石を手に取ってつぶやく。

その魔石の輝きは、周囲の無属性の魔素を吸収したので特に色を持っていない。

もし魔素を吸収させる魔石が大量になるのであれば、魔法陣を改良して各種属性の魔力に変換してから魔石に溜めるようにすることを考えてもいいのかもしれない。そうすればギルドに売ることになったときに買い取り価格が上がるかもしれないし。

「まあ、まずは魔石一つが満タンになる時間と吸収できる量の確認からかな」

そう言いながら昼食を食べるために屋敷へと戻る。午後からの作業には、新しい空の魔石と魔素測定器を持ってこないといけないないなと考えながら。


昼食を済ませ、新しい空の魔石と魔素測定器を手に薬草畑へと戻る。

ただ、ここでミスに気づいた。魔法陣を動かす前の魔素量を測ってないじゃないかと。

「まあ、終わってしまったことは仕方ないし……」

若干落ち込みながらも、改めて周囲の魔素量を計測して記録する。そして新しい空の魔石をセットして魔法陣を起動した。

「午前中は二、三時間で魔石を確認して満タンになっていたから、今度は一時間くらいで確認すればいいのかな？」

そんな風に計画を立て、再び薬草畑の開拓へと向かった。


「だいたい、一時間で魔石が満タンになるみたいだね。午後一杯やり続けても周囲の魔素量に変化は見られなかったけれど」

その日の夜、食後のお茶を飲みつつ午後の結果を振り返る。

魔石が満タンになる時間については一回目の確認時に既に満タンになっていたことから、次の確認を十分刻みにすることでおおよそ一時間で魔石が満タンになることがわかった。

まあ、魔石の交換タイミングについてはあまり気にする必要はない。多少の手間がかかるだけで済むことだから。

それよりも周囲の魔素量に変化がなかったことの方が問題だ。

そもそも魔素量を減らすことが目的なのにその成果が出なかったのは素直に悲しいし、対策としてこれで良いのかという疑問が出てくる。

「でもまあ、しばらくはこの方法で様子を見るしかないのかなぁ」

天井を見上げてぼやく。

薬草が異常成長するレベルの魔素量というのがどの程度なのかはわからないけれど、少なくとも領都の屋敷にいたときには聞いたことすらなかった。まあ、そもそもそんなことが話題になることはなさそうなのであまり参考にはならない気はするけれど。

ともあれ、今の薬草畑の環境が珍しい状態なのは間違いないと思う。なので、様子見で経過を観察することも必要な気がする。

第19話　魔素異常の影響

「そういえば、気にしてなかったけれど、薬草が異常成長するくらいの魔素濃度ってどうなんだろ？」

朝食を食べている最中にふとした疑問が浮かんできた。今さらな気がするけれど、魔素濃度が高い環境にいたときの影響について知らない気がする。

「……あれっ、もしかしてかなり危険な状況だった？」

そういえば、薬草を売りに行ったときにギルドのお姉さんに薬草の異常繁殖について心配されていた気がする。あれが魔素濃度の高さに対するものだったのかはわからないけれど、何かしら心配する要素があったのだろうし。

ヤバいのでは？

そんな考えとともにイヤな汗が出てくる。

一応、これまで特に身体への異常は出ていないので、少なくとも即座に影響がある類のものではないはずだ。けれど、だからといってこのまま今まで通りのんきに開拓を行おうという気にもなれない。

「とりあえず、調べるだけ調べておきましょう」

そういうわけで、魔素異常が引き起こす人体や周辺への影響を確認するために実験室に向かうことにした。

「とりあえず、大丈夫なのかな？」

結局、午前の全てを調べ物をするために費やすことになってしまった。

けれど、ひとまず魔素濃度が高い環境にいても人体に悪影響はなさそうなことがわかった。

まあ、魔力が増えたり、魔力が回復する速度が上がったりと影響がないわけじゃないみたいだけれど、悪いことじゃないから大丈夫なはずだ。……たぶん。

強いていえば、魔素に対する抵抗力の低い動物の場合は稀に魔物化することがあるというのが懸念点だろうか。

ただ、これについても単に肉体が魔素で強化されて体内に魔石ができるというだけらしいのであまり問題にはならないと思う。魔物化したからといって突然凶暴化するわけではないらしいので。

私は知らなかったけれど、かつては国が魔素濃度が高い環境に軍馬を連れていって意図的に魔物化させようとしたこともあったそうだ。まあ、魔素濃度が高い環境を用意するのが難しい上に、魔物化する確率も低いので実験的に行って以降は実用化されてないらしいけれど。

軍馬の魔物化は戦力アップとして悪くないと思うけれど、それがされてないということは魔素濃度を高めるためのコストがとてつもなく高いか魔物化の確率が相当に低いのだと思う。

「というわけで、今日も開拓を頑張りましょう。オニキスもよろしくね」

不安も解消されたところで、午後からの開拓へと元気よく向かうことにする。魔物化によるデメリットもなさそうなので、いつも通りオニキスも一緒だ。

改めて確認してみると、貸馬屋から買い取った頃に比べて、オニキスも心なしか元気になったように見える。もしかしたら、魔素濃度が高い環境に居続けたことで身体が丈夫になっているのかもしれない。

まあ、単に自由に過ごせるようになって健康的になっただけかもしれないけれど。

第20話　魔法陣の効果

「あれっ、これってもしかしたら魔法陣の効果が出てたりする？」

魔法陣による対策を始めて数日。途中途中で魔法陣の追加もしながら薬草畑の開拓を進めた結果、ようやく薬草畑の手前側全体の刈り取りが終わった。

その刈り取りが終わってすっきりとした光景を見て気づいた。薬草を刈り取った場所から新しく芽が出ていないではないかと。

気づくのが遅い気もするけれど、ついつい計測した魔素量の数値ばかりを気にして薬草畑そのものにあまり気を向けていなかった。そもそも刈り取った場所から新しく芽が出るのを防ぐことを目的として魔法陣を置いたはずなのに。

「でも、周囲の魔素量自体は初日からほとんど変化してないんだよね。なんでだろ？」

記録を見る限りでは、計測した魔素量に変化はほとんど見られない。

一応、初日よりも数値が良化しているように見えるけれど、そもそもの数値が高過ぎて誤差レベルだった。けれど、そもそもの目的である新しく栽培を始める前に芽が出るという事態を防ぐことはできている。

つまり、これはもう対策が成功したと言っていいのではないだろうか。

「新しく流入する魔素を魔法陣で吸収しているのかな？　それで魔素濃度がそれ以上高くなることがないから新しく芽が出なくなった？」

問題だったのは、種を蒔いていないにもかかわらず新しい芽が出ていたことだ。

推測通り魔素濃度を下げるために新しく薬草の芽が出ていたのであれば、魔法陣を使って魔素量の増加を防ぐことで対策できそうな気がする。

「しばらくは様子を見た方がよさそうだけれど、薬草畑の魔素濃度対策は一段落したと思ってよさそうだね。そうすると、これからのことを考える必要があるのかな」

目の前に広がる薬草畑へと目を向ける。手前側のエリアはサッパリとしたけれど、その奥に関しては相変わらず異常成長した薬草たちに占領されたままだ。

素直に考えるのであれば、このまま薬草畑の奥側も開拓していけばいいということになる。

けれど、残念ながらこれ以上は刈り取った薬草を保管しておくだけの場所がない。

いやまあ、場所ならあるのだけれど、薬草の劣化を防ぐことができる保管庫の容量がもう残っていない。今でも既にオニキスのエサだと割り切って半分以上を外の倉庫に積み上げているのに、それを増やしてしまうのはさすがにもったいない。

薬草畑の薬草を売れば一年くらいはどうにかなると考えていたのに、今の時点で奥側の薬草を全て刈り取ってしまうと半年すら怪しくなりそうだ。だから、薬草畑の奥側に残った薬草たちについては段階的に刈り取っていきたい。

「試しに薬草畑以外にも手を付けてみる？」

今後の金策も考慮して薬草畑にかかりきりになっていたけれど、この屋敷にはまだ手を付けられていないところが多い。

屋敷外であれば、麦や野菜を育てていたらしい畑や種類のわからない実を付けている果樹園がある。

屋敷内に関しても、普段使っているキッチンやお風呂場以外だと地下の実験室くらいにしか手を付けられていない。その実験室にしても、魔法陣がらみで探し物をしただけで、まだまだ整理しきれていない。

「こうして考えてみると、まだまだやることはありそうだね。というか、前に町で買ってきた種もまだ植えられてないし」

これは、一度整理し直した方が良いのかもしれない。

第21話　改めての方針検討

改めて今後のことを考えるために屋敷へと戻ってきた。お茶とお茶請けのスコーンも用意して準備は万端だ。

「ひとまず、これからやるべきことを整理しよう」

そもそも、最初は屋敷でひっそりと暮らすことを目指していたはずだ。

けれど、そのためには自給自足の生活が必要だということになり、そのための環境を整えるためにお金が必要だということで金策の方法を考えることになった。で、その金策に目途が立ったので次に進もうというのが今の状況のはず。

「そもそもの流れを考えると、次は自給自足の生活を送るための環境を整備することになるのよね。ただ、この屋敷に関して色々と手を付けられていないところも多いから、どこから手を付けるべきか迷っているのだけれど。まあ、急ぎで必要になるのは食料だと思うけれど、思ったよりもお金に余裕ができそうだから食料は町で購入するというのもできなくはないんだよね。……うーん、どうしよう？」

領都の屋敷にいた頃は、なんだかんだで予定は周りに決められることが多かった。なので、完全に自分で自由に決められる今の状況というのも悩ましいものがある。

「まあ、ゆっくりと考えてみましょうか」

スコーンを一つ口にし、少し考えてみることにした。

しばらく考えてみた結果、いくつかの案を出すことができた。それを並べてみると次のようになる。

一．新しく薬草栽培を始める
二．野菜畑に手を入れて野菜を育てる
三．果樹園に手を入れて果物を育てる
四．魔の森で狩りを始める
五．家畜を買ってきてタマゴやミルクを確保できるようにする
六．屋敷の未探索エリアを探索して何があるかを把握する
七．魔法の訓練をする
八．ラビウス侯爵家の動向を確認する

「……思ったよりも多いけれど、とりあえずは一つずつ検討していきますか。まずは、新しく薬草

栽培を始める案ね」

新しく薬草栽培を始める。

これは、継続的な現金収入を確保するために絶対にやらないといけないことだ。ただ、異常成長した薬草がまだまだ残っているので、すぐに手を付けなければいけないとまでは言えない。

さらに言えば、薬草畑の魔素濃度問題が完全に解決したわけではないのでしばらく様子を見たい気もする。薬草は成長するときに魔素を吸収するけれど、成長しきると逆に魔素を放出するようになるから。

それを考えると、魔法陣の効果で魔素濃度が下がり始めているのに、新しく栽培し始めて魔素濃度が高くなるのは避けたい。

「うーん、薬草栽培の経験がないから実験くらいならやってみてもいいのかもしれないけれど、今すぐじゃなくてもよさそうだね。とりあえず、この案は後回しでいいかな。じゃ、次は野菜を育てる案ね」

たぶん、一番現実的な案だと思う。

食料に関しては、備蓄用の挽(ひ)かれてない状態の小麦が半年分くらい保管されていて、粉になっているものが一月分あるかどうか。なので、主食となる小麦に関してはどうにかなる。

対して、野菜を含めたそれ以外の食料は町で買っているので、屋敷で野菜を育てるというのは良い案であるはずだ。

問題があるとすれば、私が野菜を育てたことがないことだけれど、これに関しては実際に育ててみるしかない気がする。

「うん、やっぱりこの案が一番有力かな。一通り確認してみて、他になさそうであればこの案を採用する感じかな。次は果物を育てる案ね」

とりあえず案として挙げてみたけれど、どう考えても野菜を育てる方が優先順位が高い気がする。

この案を採用するメリットは何だろう？　手間がかからないところだろうか？

でも、魔道具があれば手間に関してはあまり変わらないような気もするんだよね。まあ、これは魔道具次第だと思うけれど。

「果物の確保自体は魅力的だけれど、やっぱり優先順位は低いよね。それだったら、次の魔の森で狩りをして肉を確保する方が優先順位が高い気がするし」

ただ、これに関しては魔の森の危険性がわからないから不安なんだよね。前にマリーさんに軽く聞いてみたときは危険だと止められたわけだし。

なので、この案に関してはまず情報収集から始めるべきだと思う。

であれば、しばらくは他の案と並行して進めていけばいい気がする。

「じゃ、これについては他の案をメインで進めて、情報収集を並行して進める感じだね。で、次の家畜を買ってくる案だけれど、さすがにこれは無理かな。オニキスだけでも不安があるのに、さらに家畜まで増やすのはちょっと厳しそうだし」

タマゴとミルクの確保という点については、とても魅力的なのだけれど、さすがに無闇に生き物を増やすのダメな気がする。

というわけで、この案は没だ。

ただ、やっぱりタマゴとミルクは魅力的なので、将来的に実現できるようにこれも情報収集だけは進めようと思う。

「次は屋敷の未探索エリアの調査か。まあ、要は地下の実験室を片付けようという話なのだけれど、一応、使ってない応接室や客室にもよくわからない物が積み上がっているんだよね。今回の魔法陣みたいに何が必要になるかわからないから、屋敷内に何があるかくらいは把握しておきたいのだけれどね。どう考えてもすぐには終わらなそうなのがネックかな」

これも他の案と並行して進めるのがよさそうな気がする。

まあ、集中して一気に片付けてしまうのも手ではあるけれど、身体強化の魔法だと力は強くなっても身体の大きさまでは変わらないから荷物を運んだりするのが大変なのよね。だから、少しずつ片付ける方向でいきたい。

「で、次が魔法の訓練か」

これに関しては、さすがに優先順位は低い。

すぐに必要となるケースとしては、屋敷を追い出されるケースだけれど、その場合はそもそも前提条件から変わってくるからあまり意味のない想定になってしまう。

後は、魔の森で狩りをする場合にも必要になるかもしれないけれど、これに関しては情報収集から進める方向になったので焦る必要はない。

うん、やっぱりこの案は後回しでいいね。

「最後はラビウス侯爵家の動向確認になるけれど、……どうすればいいんだろう？」

いやまあ、やりたいことは言葉通りではあるのだけれど、下手なことをすると藪蛇になりかねないのが問題だ。

私としても、いきなりこの屋敷から追い出されるということは避けたいので、ラビウス侯爵家のそういった動きは知っておきたい。けれど、残念ながら私自身はそういった情報収集の技術を持っていない。

なので、やるのであれば人を雇って情報を集めてもらうということになるのだけれど、そもそも領主の情報を探るなんてマネをそう簡単にやってくれる人がいるのだろうか？　もしいるとしても、そういう人はあまりお近づきになりたくない類の人な気がする。

「……ギルドで世間話程度にラビウス侯爵家のことを聞くくらいしかできない気がするね。まあ、お金のために定期的にギルドに行くことになるから、とりあえずはそれでいっか」

これも保留かな。いや、並行して進める感じになるのか。

「改めて一通り考えてみたけれど、とりあえずは野菜を育てる案をメインで進める感じかな。並行して屋敷の整理を進めたり、町で情報を集めたりしないといけないから、結局は色々とやらないといけないと思うけれど。まあ、これまでは金策の目途が立ってなかったせいで薬草畑にかかりきりになっていたけれど、これからは適度に配分しながらやっていく感じかな」

とりあえず、今後の方針を決めることはできた。後は、この方針に従って理想の生活を目指すだけだ。

「ありがとうございました。また、よろしくお願いします」

そんな受付嬢の声に軽く頭を下げ、少女――フェリシア・ラビウスがカウンターから離れていく。

閑話　ギルドの対応

「はぁ、どうにかならないのかしら」

「ラビウス侯爵家の嬢ちゃんのことか？　今の段階じゃ、俺たちにゃどうすることもできんだろ」

「!?　ギルマス、いらっしゃったんですか!?」

「おいおい、驚き過ぎだろ。俺だってたまには部屋の外にも出るぞ」

「いや、それはそうでしょうけど……」

フェリシアの姿が見えなくなったところで小さくつぶやきを漏らした受付嬢だったが、思いがけず返ってきた返答に驚きをあらわにする。その様子を軽くいじりつつ、驚かせた張本人であるギルドマスターが続ける。

「話を戻すが、あの嬢ちゃんのことは見守ることしかできねーよ。お前さんが思っているようにラビウス侯爵家からの返答には違和感しかなかったが、あれがラビウス侯爵家からの正式な返答である以上、俺たちにゃどうすることもできん。できるとすれば嬢ちゃんだけだが、嬢ちゃん自身もそれを受け入れてるんだろう？」

「それはそうですが……。でも、ギルマスはおかしいと思わないんですか？　まだ十歳にも満たない女の子が森の中の屋敷で一人で暮らしているんですよっ！」

「んなもん、おかしいと思っているに決まっているだろうが。どう考えても、正式な貴族籍のある令嬢に対する仕打ちじゃねえ。俺の方でも一応確認したが、あの嬢ちゃんがラビウス侯爵家から除籍されたという話もないしな」

「だったら――」

「でもなあ、違和感しかなかろうとラビウス侯爵家からの正式な返答に対して辺境のギルマスごときが意見するわけにはいかんのよ。そもそも通信機による通信内容は機密だしな。だから、嬢ちゃんから要請があったのであればまだしも、俺たちから自主的に動くことはできん」

「……」

　ギルドマスターの言葉に受付嬢は言葉を返せない。

　彼女とて理解はしているのだ、一介のギルド職員が貴族相手にできることなどないと。ただ、それでもフェリシアの姿を見るたびに、どうにかならないのかという思いが湧き上がってくるのだ。

「さっきも言ったが、あの嬢ちゃんについては様子見だ。幸い、一人でもどうにかやっていけているようだしな。まあ、お前さんくらいは気にかけておいてやって、何か困っているようであれば手を貸してやればいいだろうよ。ラビウス侯爵家から、ギルドにまで放置しろという通達が来ているわけではないからな」

「っ、そうですね。確かにギルドが手助けしてはいけないとは言われていません！」

気落ちしてうつむいていた受付嬢だったが、続くギルドマスターの言葉に顔を上げる。

その様子にギルドマスターは苦笑しつつ、軽く釘をさす。

「あくまでも、何かあった場合だけだぞ。ないとは思うが、あの嬢ちゃんをきっかけにギルドまで面倒ごとに巻き込まれるのはマズいからな」

「わかっています」

力強い受付嬢の言葉を内心不安に思いつつ、ギルドマスターは自室へと戻っていく。

こうして、町のギルドのフェリシアに対する対応は様子見ということになった。

ラビウス侯爵家からの返答に疑問を抱きつつも、それが正式なものである以上ギルドとして積極的な行動をとることができないためだ。

ただ、フェリシアが望めばギルドの助力も得られるかもしれない。

彼女が屋敷でのひっそりとした暮らしを望んでいる以上、その機会が訪れることはないだろうが。

第三章　森への進出

第22話　一ヶ月と野菜の収穫

この屋敷に引っ越してきて一ヶ月が経（た）った。

当初は突然の放置宣言に焦ったりもしたけれど、なんだかんだでどうにか暮らすことができている。

「あっ、こっちもそろそろ収穫できそう！」

今日は野菜畑で育て始めた野菜が収穫時期を迎えたので、その収穫を行っている。

薬草畑と同じで、開拓したのは全体の半分程度。けれど、私一人しかいないので広さとしては十分過ぎる。

実際、実験的な栽培とはいえ、開拓したエリアの一部しか使用していない状況だったりするし。

「とりあえず、野菜畑にあった農業用魔道具も問題なさそうかな。まさか、種を植えた後は放置するだけで収穫できるようになるとまでは思ってなかったけれど」

途中途中で様子は見ていたけれど、本当に様子を見るだけで終わってしまった。

水やりも魔道具が自動でやってくれるし、害獣や害虫の類も魔道具による簡易結界で防がれている。だったら受粉とかはどうするのかと思っていたら、風魔法を利用してどうにかしていたらしい。

「にしても、ここまで手がかからないのであれば、量を増やしても問題なさそうだね。ただ、量を増やした場合は消費しきれるのかという別の問題が出てくる気がするけれど」

試しに少量だけを植えた今回ですら持て余しそうなので、さすがに単純に量を増やすのはナシな気がする。やるのであれば、単純に収穫量を増やすのではなくて種類を増やす形になりそうだ。

今回、野菜畑に植えた野菜は四種類で、どれも町で買うときに育てやすいとおすすめされたものだ。

具体的には、ラディッシュとコマツナ、ジャガイモ、大豆で、その内、ラディッシュとコマツナの二つが収穫時期を迎えている。

さすがに今後の食生活を四種類の野菜だけで回していくのは勘弁してもらいたいので、次に町へ出かけたときに他の野菜の種も仕入れてこようと思う。予想以上に魔道具が優秀だったので、今度は特に育てやすいものだとかを考える必要はないだろうし。

どうせ魔道具頼りになるのであれば、小麦を育てるのもいいかもしれない。収穫が大変そうではあるけれど、将来的なことを考えると主食をこの屋敷内で確保できるのは大きい。

「ひとまず、これくらい収穫すれば十分かな」

ラディッシュとコマツナが植えられた畝を移動し、それぞれを適量収穫して一息つく。

理屈はよく理解できないけれど、魔道具によって、収穫時期を迎えた野菜もしばらくはその状態を保つことができるらしい。なので、急いで収穫する必要がなく、適宜必要な量だけを収穫すればいいことになる。

まあ、さすがに月単位で放置することはできないらしいけれど。

ただ、魔道具のおかげで季節に関係なく栽培できるので、そのあたりは量とローテーションを工夫すればどうにかなりそうではある。

そんなことを考えながら、収穫した野菜が入った籠を抱えて屋敷へと戻ることにした。


「さて、初めての収穫を迎えたことは喜ばしいけれど、予想以上に私自身の料理のレパートリーが少ないことが発覚したね」

収穫した野菜を使ってさっそく昼食を作ってみたものの、予想以上に使い道が思いつかなかった。

目の前に置かれた料理は、サラダと炒め物というシンプルなものだ。これは、早急にレシピについても情報を集める必要がある。

「別に贅沢なことを言う気はないけれど、さすがに毎食同じものを食べるのは嫌だしね」

そんなことを言いながら、料理に手を付けていく。

味については町で買ったものと遜色ないものだったので、そこは安心できた。

第23話　魔の森に入るための準備

「果樹園が果樹園じゃなかった件について」

野菜の栽培に目途が立ったということで、次の目標を果樹園の整備に定めた。野菜畑の件で農業用魔道具が思いのほか優秀だということが判明したので、一度整備してしまえば後は放置で良くなるだろうと考えたからだ。

なので、さっそく果樹園の確認に向かったのだけれど、植えられていたのが全て錬金術関連で必要になる樹木だったという……。

いや、ちゃんと確認してなかった私も悪いのだけれど、果物が食べられると期待していただけにショックが大きい。まあ、果樹園にしては実がなっている木が少ないなとは思っていたけれども。

「はあ、どうしようかな。さすがに今ある木を切り倒して新しく果物の木を植えるのは手間がかかり過ぎるし。かといって、期待していた果物なしの生活というのもツライ気がするんだよね」

別に果物もないならないで問題はないのだけれど、期待していたからかすごく惜しい気がしてくる。

　とはいえ、さすがに森の中の木ほどのサイズではないとはいえ、成木になっているものを切り倒すのは時間がかかりそうだし、ここについては後回しにするしかなさそうだ。

　とりあえず、果物については野菜畑にイチゴでも植えてみることにしよう。


「まあ、ダメだったものは仕方ないし、気持ちを切り替えていきましょう」

　ひとまず、果樹園のことは後回しにすることに決め、次にすべきことを考える。

「うーん、最初に思っていたよりもやることがないんだよね。まあ、探せばいくらでもあるとは思うけれど、今までの作業の延長みたいなものが多いし……。薬草畑や野菜畑の残りを開拓するのはしばらく遠慮したいし、かといって屋敷の整理も一応一段落したところになるし。となると、やっぱり森に挑戦するときが来たということになるのかな」

　そう言って果樹園の奥に見える魔の森へと目を向ける。

　危険な魔物が多数生息すると言われているけれど、ここから見える景色はあくまでも普通の森のそれだ。

「まあ、魔の森に入るなら準備をしっかりしないといけないけれどね」

　とりあえず、屋敷に戻って魔の森に入るために何が必要かを確認してみることにしましょう。

「さすがにこのローブはサイズが大き過ぎるかな?」

机の上に並べられた装備の中から、黒いローブを手に取ってつぶやく。

今は、領都の屋敷から持ってきた装備とこの屋敷の整理中に見つけた装備を並べて確認している。

「でも、領都の屋敷から持ってきたのはサイズは良くても性能がねえ……」

そう言って、隣に置かれた子供サイズの外套を見る。

これは領都の屋敷から持ってきたものだからサイズはピッタリではある。ただ、外出時に着ることを想定した普通の外套なので防御性能はお察しだ。

対して、この屋敷で見つけた装備は、さすがは侯爵家の屋敷というべきか、素人目にも性能が良さそうなものが多い。

「防具だけじゃなくて、武器も問題なのよね。当たり前だけれど、屋敷にあったのは全部大人用のものだから私が使うには大き過ぎるし。かといって、領都から持ってきたものは性能的に通用するのかが疑問だし」

さらに視線を動かし、隣に並べられた武器へと目を向ける。

杖、メイス、剣、槍の順で並べられ、見つかった数もその順番に多くなっている。

「装備するのであれば、短剣か小ぶりな杖になるのかな? たぶんサブとして持つ武器だと思うけれど、扱えそうなものはそれくらいしかないし」

とりあえず、使えそうなものを手に取って確認してみる。

短剣の方は手に持ってみた感じでは、訓練で使っていたものに近いので特に問題なく扱えそうだ。

問題は杖の方で、いくつか種類があるのでどれを使うべきかの判断に迷う。まあ、さすがに無駄に装飾が凝っている杖は外していいとは思うけれど。


改めて実用重視で厳選してみた結果、とりあえずの装備を決めることができた。

防具は、領都から持ってきた普段訓練で装備していたものを使うことに決めた。というか、防具に関してはサイズが合わないものは使いようがないのでどうしようもなかった。

一応、最初に悩んでいたローブだけは裾や袖を調整して使ってみるつもりではある。まあ、試してみてダメだったら諦めるしかないけれど。

武器については、屋敷で見つけた短剣をメインにすることにした。

ちょうど訓練で使っていたのと似たサイズだったので、素直に性能が高そうなそちらを選んだ。

使い慣れたものとどちらが良いのかは少し迷ったけれど、そもそも、しばらくは剣をまともに使うことはないだろうという考えから装備を更新することに決めた。一応、今後は剣の訓練も日課に加えて新しい剣に慣れるようにするつもりだ。

あと、サブの武器として持つつもりだった杖に関しては諦めることにした。魔法の補助をしてくれるような杖があればと思っていたのだけれど、候補となった杖がどれもしっくりこなかったので。

一応、魔法に関しては杖なしでも発動できるし、無理に合わないものを使うこともないだろうという判断だ。

「とりあえず、問題なさそうかな」

選んだ武器や防具を実際に装備してみた。

予想通りローブがぶかぶかではあるけれど、どうにか少し動きづらい程度で済ますことができた。

理想を言えば、少しでも動きにくい時点でダメなのだろうけれど、そこは装備の性能がそれを補って余りあると信じるしかない。

腰の後ろに装備した短剣についても確認してみたけれど、問題なくスムーズに構えることができた。まあ、実戦になったときに同じようにできるかは疑問だけれど、少しずつ慣れていくしかないと思う。というか、しばらくは武器を使う必要がないのが理想だ。

第24話　魔法陣の検討

「後は万が一のための魔法陣を用意すれば、とりあえずの準備は終わりかな」

一通り装備の確認を終え、最後に残った準備へと考えを移す。先に装備の準備をしたけれど、本命は魔法陣だ。

薬草畑に設置した魔素吸収の魔法陣のおかげで、ちゃんと機能する魔法陣が作れることはわかっている。なので、どこまで通用するかわからない私の剣技や魔法よりも、用意さえしておけば本人の力量に関係なく一律の効果を得られる魔法陣の方がよほど期待できる。

とりあえず、防御用、逃走用の魔法陣は準備しておきたい。

将来的には魔法陣ではなく自分自身の魔法でどうにかしたいところではあるけれど、さすがに今すぐどうにかできる問題ではないのでそこは諦めるしかない。

「とはいえ、もういい時間だし、魔法陣については明日かな」

次の準備を考えたところで思ったよりも時間が経っていることに気づき、魔法陣の作成は明日に回すことにした。

「防御用の魔法陣はこの結界の魔法陣で問題ないかな。ただ、逃走用の魔法陣はどれがいいんだろう？」

明けて翌日。地下の実験室に向かった私は、以前もお世話になった〝便利な魔法陣 三十選〟を確認している。

ひとまず、防御用の魔法陣は結界の魔法陣一択だったのだけれど、逃走用の魔法陣は使い方を工夫すればいくつか候補になりそうだった。

「やっぱり有力なのは閃光(せんこう)の魔法陣かな？　イメージ的にも一番それっぽいし。ただ、魔の森に出る魔物の種類がわからないから、そこが少し不安ではあるのよね」

一応、魔の森であっても浅い場所であれば普通はシカやオオカミなどの動物をベースにしたような魔物が多いらしい。けれど、森の奥に行けば、出てくる魔物の傾向も変化するらしく、はっきり言って実際に確認してみないことにはどんな魔物が出るかわからないそうだ。

しばらくは森の浅い場所の確認しかするつもりはないので、相手の視覚を潰す閃光の魔法陣も通用するはずではある。ただ、視覚に頼らずにこちらを知覚する魔物が出てくると閃光は通用しないのでそこが少し怖い。

「次は号音の魔法陣だけれど、これはちょっと厳しいかな？　音量を大きくすれば魔物をひるませることができるかもしれないけれど、閃光と違って音の場合は自分自身へのダメージを防ぐのが難しそうだし。後、魔道具のシステム音とか効果音で使われる魔法陣みたいだから、単純にどこまで大きな音を出せるかもわからないしね」

改めて懸念点を口に出してみるけれど、やはりこれは採用が難しい気がする。

爆発音のような轟音（ごうおん）を出す魔法陣があればよかったのだけれど、本に載っていたのは〝轟音〟ではなく〝号音〟だった。

一応、他の本も軽く確認してみたけれど、見つかるのは爆発音を出すものではなく爆発の魔法陣だけ。どうやらこの世界では、轟音を出して音だけでひるませるような考えは珍しいらしい。魔物をひるませるのであれば、光と音かなと思ったのだけれど。

「で、最後が掘削の魔法陣ね。これも効果範囲次第な気はするけれど、ある程度の範囲に効果があるのであれば足止めくらいはできると思うんだよね。問題は魔物相手に通用するくらいの効果範囲を持たせられるかどうかだけれど」

要は落とし穴を作る魔法陣なのだけれど、魔物の身体能力だとあっさりと飛び越えてきそうで怖い。

あと、仮に巨大な落とし穴が作れたとしても、改造しない限りは発動させた魔法陣が基点になるので自分自身が巻き込まれてしまう可能性がある。もしそうなった場合、待っているのは落とし穴の中で魔物とご対面なんていう笑えない状況だ。

「……とりあえずは、実験かな」

少し考えてみたけれど、本に書いている説明だけだと実際の効果がよくわからなかった。なので、悩むよりも先に行動してみることにした。

第25話　魔法陣の実験

実験用の魔法陣の作成に思ったよりも時間がかかってしまったので、その日のうちに効果を確認することができなかった。

しかも、作成した魔法陣は本に書いてあったものをそのまま利用している。なので、号音の魔法陣や掘削の魔法陣を採用することになった場合は、魔法陣の改造や調整でさらに時間がかかることになりそうだ。

今さらだけれど、魔法陣の作成について甘く見過ぎていたかもしれない。

つい準備の大変さに気落ちしそうになってしまったけれど、気持ちを切り替えて魔法陣の実験に取り掛かることにする。

まあ、やることは単純で、作成した魔法陣を発動させて実際の効果を確認するだけなのだけれど。

「オニキス、今日は実験のお手伝いをよろしくね」

まずは防御用として期待している結界の魔法陣から。

結界の強度をどうやって確認すればいいのかわからなかったので、とりあえずはオニキスに協力してもらうことにした。

「じゃあ、発動してみるから軽く体当たりしてみてね。しばらくは結界が残ったままになるはずだから、少しずつ力を込めていってくれると助かるわ」

オニキスに向かってそう言うと、ヒヒンと元気よく答えてくれた。どうやら気合は十分らしい。

「じゃあ、お願いね。――発動」

そう声に出し、手に持った魔法陣へと魔力を流す。

瞬間、魔法陣が輝き、目の前に緩やかな曲線を描く透明な壁が出現した。

ガッ。

少しの間、出現した結界に気を取られていたけれど、オニキスが体当たりしたその音にハッとして後ろに下がり、結界から距離を取る。とりあえず、オニキスの初撃で結界が壊れるということはないらしい。

その後もオニキスは何度も結界に突っ込んでいったけれど、結界が消えるまでそれを破ることはできなかった。


「ほ、ほら、ニンジンをあげるから機嫌を直して」

別に結界の魔法陣を破れなかったから不機嫌になっているわけではない。

まあ、それも理由のひとつではあるかもしれないけれど、直接の原因は続けて行った閃光の魔法陣の実験だ。

一応、先にオニキスにも説明していたのだけれど、イマイチわかっていなかったのか、発動した閃光をまともに見てしまい、驚いて立ち上がってそのまま明後日(あさって)の方向に走っていってしまった。

まあ、閃光の魔法陣の効果が知れたので、そこは良かったのだけれど、戻ってきたオニキスは鼻息も荒く不機嫌だった。ちゃんと私のところに戻ってきてくれた以上、閃光によるダメージは回復したのだろうけれど、機嫌の方までは回復しなかったらしい。

なので、魔法陣の実験を中断してオニキスの機嫌を取ることになったというわけだ。

どうにかオニキスの機嫌が直ったので、気を取り直して魔法陣の実験へと戻る。

というか、よくよく考えてみると残りの実験にはオニキスの協力が必要ない気がする。まあ、せっかくだから、そのままオニキスにも付き合ってもらうけれど。

〝リーン〟というきれいな音があたりに響き渡る。

その後の静寂の中、オニキスがブルルッといなないた。

「うん、これはダメそうだね」

実験を再開し、号音の魔法陣を試した結果がこれだ。

まあ、基本は合図などに使うための魔法陣なので仕方ないと言えば仕方ないのだけれど、どう考えてもこれで魔物がひるむとは思えない。一応、試した魔法陣はハンドベルの音を鳴らすというものだったのだけれど、音の種類や大きさを変えたところで効果が出るというイメージができない。

魔法陣を探していたときにも思ったけれど、やっぱり爆発音のような轟音を発するものが必要な気がする。まあ、そういう魔法陣が見つからなかったから号音の魔法陣を改造してどうにかできないかと考えたのだけれど。

「爆発の魔法陣の方が良いのかな～。でも、欲しいのは逃げるための魔法陣なんだよね。万が一、爆発の魔法陣で魔物にダメージが入っちゃったら、延々と追いかけられそうだから逆効果になりそうだし」

基本的に魔物は執念深いと言われている。

閃光や音でひるませて逃げるだけであれば、単に獲物に逃げられたというだけですぐに諦めてくれると思うけれど、相手に攻撃して明確に敵認定された場合は、逃げても追いかけてくる可能性がある。

「そう考えると、最後の掘削の魔法陣も微妙なのかな？」

そう言って、最後に残った魔法陣を手に取る。

一応、落とし穴を作って足止めするだけのつもりではあるけれど、それに足を取られて魔物がダメージを負った場合は、それを攻撃だと思われて敵認定されるかもしれない。

「あれ？　そう考えると、落とし穴よりも土壁を出した方がマシなのかな？」

ふとそんな風に思うけれど、残念ながら土壁を作り出す魔法陣は載っていなかった。他の本を探せば載っているかもしれないけれど、今のところは保留かな。

「まあ、とりあえず、確認だけ終わらせましょう」

そう言って、最後の魔法陣を起動する。

瞬間、目の前の地面が円形にへこんだ。

「……ま、まあ、威力の調整をしてないから仕方ないよね」

効果範囲としては、直径五十センチメートルほどだろうか。その範囲が二十センチメートルほどへこんでいる。

「躓かせるくらいはできそうだけれど、少なくとも落とし穴としては使えなそうだね。後は、どこまで効果範囲と深さを広げられるかだけれど」

そうつぶやく私の前でオニキスが今できた穴を楽々と飛び越えていく。いや、飛び越えるというよりは単にまたいだというような感じだけれど。

「……さすがに、魔物相手にも通用するサイズにするのは無理な気がするね」

魔法陣を改良する手間を考えると、この掘削の魔法陣を採用するのは見送った方が良いのかもしれない。

おそらく不意打ちであれば、そこまで効果範囲を広げなくても通用するとは思うけれど、相手に攻撃だと思われてしまう気がするし。

理想は、相手の魔物との間に飛び越えられないくらいの穴を一瞬で掘ることだけれど、さすがにそこまでの効果を持たせる魔法陣を作れるとは思えない。

「とりあえず、採用するのは結界の魔法陣と閃光の魔法陣だけでいいかな」

この二つであれば魔法陣の改造も必要なさそうだしね。

第26話　魔の森の探索

「外からだとやっぱり普通の森にしか見えないね」

魔法陣の実験を終えた翌日。最低限の魔法陣が準備できたので、さっそく魔の森の探索に向かうことにした。

そうは言いつつ、さすがにすぐに魔の森に踏み込むのは不安だったので先に周囲の確認から。

で、周囲の確認を終えた感想が先の言葉になる。

「まあ、屋敷の敷地に張られた結界内から見える範囲だけだから、仕方ないのだろうけれど。というか、いくら結界があるからって、すぐに見える範囲の景色がおどろおどろしたものだったら住むのが不安になるしね」

ひとまず、屋敷の敷地の外周に張られた結界に沿って一周してみたけれど、特に不安になるようなものは見つからなかった。まあ、結界から森までの距離もある程度離れているので、森の中をあまり見通せなかったというのもある。

「後は実際に森に入って確認するしかないかな」

そう口に出し、改めて自身の装備を確認する。

屋敷で見つけたローブだけ少し不安ではあるけれど、さっき敷地を一周したときは問題なかったので、戦闘にでもならない限りは心配ないと思う。

まあ、ちゃんとこのローブでも走ることができることくらいは確認しているし、今日の探索で戦闘するつもりなんてないので大丈夫だろう。そのために魔法陣だって用意したのだし。

「まあ、魔法陣が二枚ずつしかないのが若干不安と言えば不安だけれど」

短剣を確認してから、魔法陣の入った腰のポーチを見る。

昨日、実験後に作成できたのは結界の魔法陣、閃光の魔法陣ともに二枚だけ。閃光の魔法陣はともかく、結界の魔法陣はもう少し用意したかったのだけれど、残念ながら時間が足りなかった。

一応、探索する日を後ろにずらすことも考えたけれど、明日は町に買い出しに行く予定が入っている。

前回の買い出し時に、ギルドの受付のお姉さんに明日町に行くことを伝えているので、できるだけ日をずらしたくはない。かといって、探索を買い出しの後に回してしまうと、探索したときに必要な物が出てきたときに困ることになってしまう。なので、魔法陣の数を最低限の量で妥協した。

「うん、そもそも森の浅い場所にしか入るつもりがないから問題ないよね」

若干の不安を振り払うようにつぶやく。

大丈夫、ただ森の様子を確認するだけだから何も起こるはずなんてない。そんなフラグになりそうなことを考えながら森への一歩を踏み出した。

「意外に普通なのかな？　あれ？　先に確認した通りの光景だから意外というのはおかしいのかな？」

そんなどうでもいいことをつぶやきながら歩く。

腰のポーチから時計を取り出して確認すると、森に入ってからそろそろ十分ほどという時間。ゆっくりとしたペースで歩いていたこともあって、まだ大した距離にはなっていないけれど、後ろを振り返っても屋敷が見えない程度の距離までは来ている。

まあ、森の中の木々のせいでもっと前から屋敷は見えなくなっていたと思うけれど。

それにしても、ここまで生き物の類を一度も見ていないことが気になる。森に入ってすぐは足元を気にしながら歩いていたから仕方ないかもしれないけれど、慣れてきてからはそれなりに周囲に注意を払っていたはずなのに。

私の注意力が足りないのか、そもそもこのあたりに生き物がいないのか。

「って、噂（うわさ）をすればってやつかな」

そんなことを考えていると、右の方からガサッという音が聞こえてきた。そちらに目を向けると背の低い木がある。

どうやらその木の陰に隠れるようにして何かがいるらしい。足を止め、音が聞こえたあたりの様子を窺（うかが）う。

「……」

息をひそめつつ、最初に声を出したのは失敗だったかなと思う。音が聞こえてから一分近く待っている気がするけれど、何かが出てくる様子はない。

もしかしたら最初の音が聞こえたタイミングで、既に木の陰から逃げていたのかもしれない。そう思い、諦めて探索を再開しようと足を動かす。

そのタイミングで何かが木の陰から飛び出した。

「!?」

驚きつつ、飛び出してきた何かの影を目で追う。けれど、既にその姿は小さくなっている。

「ちょっ、ちょっと待って！」

その後ろ姿に手を伸ばしてそんなことを叫んでみるけれど、逃げる相手が聞いてくれるはずもない。すぐに他の木々に隠れて見えなくなってしまった。

「あぁ〜、行っちゃった」

伸ばした手を力なく下ろす。残念だけれど、初めて出会った相手には振られてしまったらしい。

いやまあ、今後この森で狩りをしようと考えているのだから、狩るものと狩られるものの関係である以上、友好的な交流は難しいだろうけれど。

それでも、もう少しゆっくりと観察してみたかった。微(かす)かに見えた後ろ姿からして、逃げていったのは小さなリスみたいだったし。

「とりあえず、ちゃんと生き物がいることがわかったということで良しとしておくかな」

まだ残念な気持ちを完全に切り替えられたわけではないけれど、口に出して無理やり切り替えることにする。

森に入ってからまだ十分ちょっとしか経っていない。この後いくらでも見つける機会があると考えて探索を再開することにした。

第27話　初探索を終えて

初めての探索ということで、予定通りお昼になる前に屋敷に戻ってきた。

「今日の成果は魔の森で狩りができそうってことがわかったことかな」

昼食をとりながら、今日の探索を振り返る。

最初のリスと遭遇するまではそれなりに時間がかかったけれど、それ以降は割と頻繁に生き物に遭遇することができた。一番多く見かけたのは最初に出会ったリスで、次いで大きなネズミみたいなヤツが多かった。

ネズミっぽいのはリスと同じくらいのサイズも見かけたけれど、大きいヤツと同じ種類なのか別の種類なのかはわからない。見た目が違ったように見えたから違う種類のような気はするけれど、大人と子供でまるで見た目が違う動物とかもいるしね。

「そういえば、以前マリーさんに聞いた動物たちは見かけなかったね。ウサギを一回見たのと野鳥を何度か見かけたくらいだと思うし。やっぱり、ボアみたいな大きな生き物はもっと奥に行かないといないのかな？」

今日の探索範囲は、午前中に往復できる範囲でしかないのであまり広くない。それに、屋敷の右手の森を真っすぐ進むように探索したので、探索した場所の森の深さとしては屋敷と大して変わらないはず。

まあ、屋敷の周囲に大型の動物がいないのは良いことではあるけれど、狩りのときにかなり奥まで行かないといけないとなると、それはそれで厳しいものがあるかもしれない。

「まあ、どうせ一人なんだから小型の獲物で問題ない気はするけれどね。というか、仮にボアを狩れたとしても持ち帰るのは大変だろうし」

一応、屋敷の整理中にそこそこの容量があるマジックバッグを見つけているので、ボアみたいな大型サイズでも持ち帰れなくはない。

ただ、持ち帰ったところで解体できないし、ギルドに持ち込むのも無駄に心配をかけそうなので難しい。

「まあ、それも先の話かな。まずは周囲の森の様子を確認するのが最優先だろうし、実際に狩りに手を出すのは周りの確認が終わってからだね。そもそも確認が終わらないと狩りのために用意する道具も決まらないしね」

今のところ考えているのは罠(わな)を使った狩りなので、狙う獲物のサイズくらいは把握していないといけない。後は行動範囲もチェックする必要があるし、獲物以外の危険な動物がいたらその範囲を避けることも必要になってくる。

「後はまあ、狩り以外の採集できるものの確認も必要だしね」

今日の探索だとあまり見つけることができなかったけれど、狩りのために森に入るのであれば、ついでに木の実だったり野草だったりを採集したい。

一応、薬草畑と野菜畑があるけれど、森の中でしか手に入らない物もあるかもしれないし。まあ、これについても今後の探索次第なのだけれど。

「やっぱり、しばらくは周囲の確認を兼ねた探索を進めるしかないかな。探索に慣れる必要もあるし」

とりあえず無事に終わった初探索だけれど、課題も見つかっていたりする。

たぶん探索に慣れていないことが原因なのだとは思うけれど、はっきり言って周囲に対する注意力が足りていなかった。

リスやネズミみたいな小動物を見かけてはいるけれど、これはあちらが音を立てたりしたから気づけただけだ。実際、音を立てていなかったヘビには気づけなかったし。

「いや、あれはかなりビックリしたよね」

何せ横を向いたら木の枝にぶら下がったヘビと目が合ったからね。普通に驚いて叫び声を上げちゃったよ。

まあ、そのおかげでヘビの方から逃げてくれたから被害はなかったのだけれど。

ただ、このときに襲われていたとして、ちゃんと対応できたかはわからない。

ローブのおかげで首元とかは守られていたから、ダメージを負う可能性は低かったと思うけれど、パニックになってその後の対処を誤った可能性はある。そもそも、あのヘビが毒を持っていたかどうかもわからないし。

「考えてみると見つけた動物とかの知識も必要になるのか。当たり前だけれど、森で採集もするのだとしたらその知識も必要になるし」

今日の探索でキノコも見かけたけれど、キノコなんて知識が必要なものの筆頭かもしれない。いやまあ、この世界だと鑑定の魔道具とかいう便利アイテムがあるから食用かどうかくらいはわかるけれど。

ただ、それでも最適な採集方法や利用方法なんかは図鑑などで調べないとわからない。

「まあ、ゆっくりと気長にやっていくしかないか」

とりあえず、次の探索からは鑑定の魔道具を持っていくことにしよう。そう決意して明日の買い出しのための準備に取り掛かることにした。

第28話　平穏な日々

森の探索を始めてから二週間ほど経った。

まだ狩りはできていないけれど、森での採集は少しずつ進めている。今のところ採集できているのは木の実とキノコが中心だ。

「そろそろ狩りについても考える時期が来たかな」

ひとまず、昨日の探索で屋敷の周囲を一通り探索し終えた。まだ完全に探索できたとは言えないけれど、とりあえずの傾向くらいはわかった。

傾向をまとめると次のような感じになる。

屋敷右側　‥　リスや大型のネズミなどの小動物中心。木の実が多い。
屋敷裏側　‥　小動物は少なく、オオカミの痕跡がある。木の実が多い。
屋敷左側　‥　リスや大型のネズミなどの小動物中心。キノコが多い。

まあ、この傾向からわかるように狩りに入るのであれば屋敷の右側か左側だと思う。

恐ろしいことに屋敷裏側のオオカミの痕跡は動物のオオカミではなくてフォレストウルフと呼ばれる魔物みたいなんだよね。なので、屋敷裏側は探索候補から外すべきだと思う。

一応、フォレストウルフについては単体の強さはそれほどではないらしいけれど、集団になると途端に手ごわくなるらしいし。

幸い、裏側を探索したときに遭遇することはなかったけれど、狩りとして定期的に入るようになるとフォレストウルフと遭遇する可能性もある。

そもそも私が目指しているのは強くなることではないので、無理して危険に突っ込もうという考えはない。なので、無難に屋敷の右側か左側で狩りをするつもりだ。

「でも、右側と左側のどっちが良いんだろう？　確認した限りだと狩りの獲物に変化はなさそうだったし、木の実とキノコの比率が違う程度で別に採集できるものがそこまで変わらないんだよね」

一応、傾向としては右側の方が木の実が多く、左側にキノコが多いという感じではあった。

ただ、別に右側にキノコがなかったわけでもないし、左側に木の実がなかったというわけでもない。単に比率がそうなっていただけだ。

それにどちらか一方だけに何か欲しいものがあったというわけでもない。

まあ、それについては私が勝手に屋敷を基準にして右側、左側を分けているからだろうけれど。

「まあ、無理にどちらか一方に絞る必要もないのかな。とりあえずは右側と左側を週ごとに替えてみる感じでやってみましょう」

試してみたら獲物がかかりやすいとかがあるかもしれないしね。まあ、たぶん大差はないと思うけれど。

森の探索についてはそんな感じなのだけれど、実はギルドに売りに行く薬草について問題が発生していたりする。

いや、問題ではないか。単に以前に刈り取った薬草がなくなりそうだというだけだから。

「まあ、こっちについては後回しにしていた薬草栽培を始めればいいかな。薬草畑の魔素濃度もある程度落ち着いたみたいだし」

薬草畑の魔素異常については、毎日欠かさず魔法陣による魔素吸収を続けてきた。そのおかげで、薬草畑の魔素濃度が敷地内の他の場所よりも少し高いくらいまで良化している。

「でも、奥側の薬草を刈り取ってしまうとオニキスのエサが足りなくなるのかな？　……まあ、別に全部のエリアを使うわけでもないし、空いているエリアにオニキス用の薬草を育てればいいか」

一応、オニキスのエサとなる飼い葉は買い出しごとに買い足していて、朝昼晩のご飯についてはこの飼い葉を食べてもらっている。

薬草畑の薬草については、自由にしてもらっているときに食(は)んでいるだけだから別に薬草である必要はないのかもしれない。でもまあ、別に今さら普通の牧草にするのもどうかという気もする。

「というか、これに関してはオニキスに確認すればいいか」

なんとなく感覚がおかしくなっている気がしないでもないけれど、たぶんオニキスに聞けば薬草が良いか牧草が良いかは答えてくれる気がする。とりあえず、それに関してはオニキスの回答次第ということにしよう。

「というわけで、薬草と牧草のどっちがいい？」

特に予定もなかったので、さっそくオニキスに確認に来た。まあ、オニキスからは急に何言ってんだコイツという感じの視線を向けられたけれど。

さすがに悲しくなったのでオニキスにもきちんと経緯を説明した。

結果、オニキスの回答は引き続き薬草が良いとのことだった。普通の牧草は、朝昼晩と飼い葉を食べているから十分らしい。

第29話　不穏な噂と再会

「フェリシアさん、最近魔の森の様子がおかしいそうなので気を付けてくださいね」

「おかしいって、何かあったのですか？」

「ええ、森の中の魔物の生息域に変化が見られました。今のところ大きな変化ではないそうですが、森の深層に生息する魔物が移動した形跡があったようです。ギルドでもまだ情報を集めている段階ですが、フェリシアさんも注意するようにしてください」

「そうなのですね、ありがとうございます。私も注意します」

いつも通りにギルドに薬草を持ち込んだら、受付のお姉さん——ティナさんからそんな話を聞いた。

森での狩りを本格的に始めようと考えたところだったのでタイミングが悪い。まあ、森の魔物たちからしてみるとこちらの事情なんて知ったこっちゃないだろうから仕方ないのだろうけれど。


「うーん、狩りを始めるのを延期するべきかなぁ」

ギルドを後にし、雑貨屋に向かう道すがらつぶやく。

狩りの道具については、前回の買い出しからそろえ始めていたので、今日の買い出しで前回の不足分を買い足せば準備が整う。なので、始めようと思えば明日からでも狩りを始めることは可能だ。

「不安ではあるけれど、異変が起きているのは屋敷がある場所よりもかなり奥らしいのよねぇ」

で、狩りを始めるかどうかについて、引っかかっているところはここだ。

正直、私が狩りを行おうをしている場所は魔の森の中でもかなり浅い場所なので、森の深層で異変が起きていても影響などないだろうと思ってしまう。

実際、昨日までの探索では森に何か異変が起きているような気配はなかった。単に私の経験不足という可能性もあるけれど、さすがにあそこまで平穏な様子だと警戒心は持ちづらい。

「念のためにもう一度探索して様子を見てみるくらいかなぁ、できそうなことは。狩りに入るのは屋敷の左右の森にするつもりだし、屋敷裏の森に異変がなければ問題ないと思うけれど」

一応、ギルドで森の安全が確認できるまで待つ方が良いということは理解している。けれど、森の深層の調査となるとそれなりの期間が必要になるはずだ。

となると、その調査結果が出るまで待つのかということになるけれど、それはさすがにツライものがある。まあ、結局は単に私が早く狩りをしてみたいというだけのワガママなのかもしれないけれど。

「おっ、大食いの嬢ちゃんじゃないか」

ぼんやりと今後の狩りについて考えていると前方からそんな声が飛んできた。その声に反応して顔を上げると、厳(いか)つい風貌の冒険者が立っている。

「よお、前も思ったが今日も一人でお使いか？　町の中だからって、あんまり嬢ちゃんみたいな年で一人歩きは感心しないぞ」

「ちょっとケルヴィン、その子驚いてるじゃない！　可愛(かわい)い子がいたからっていきなりちょっかいかけてるんじゃないわよ！　自分の顔を考えなさい！」

「はあ!?　ちょっかいなんてかけてねーよ！　嬢ちゃんとは顔見知りだ」

いきなりのことに驚いて反応できずにいると、目の前で冒険者らしき二人が言い争いを始めてしまった。

一瞬、このまま立ち去ろうかという考えが浮かぶ。

けれど、改めて確認してみるとケルヴィンと呼ばれた厳つい風貌の冒険者は、初めて町に来た時にマリーさんの宿屋を教えてくれた人だ。それに今回声をかけられたのも特に悪意を感じられないし、ここは諦めて止めに入るべきかもしれない。

「私は大食いではありませんよ」

とりあえず、不本意な呼びかけの否定から入ることにした。

初対面のときに、しっかりと食べたいというようなことを言った気はするけれど、こんな往来で大食い少女という呼びかけはいただけない。そもそも、あのときはお昼を食べるのが遅くなったからあんなことを言ったのであって、普段は小食とまでは言わないけれど普通の量しか食べていない。

「お、おう、すまんな。前に会ったときのガッツリ食べたいという言葉のイメージが強くて、ついな。おいリリー、ちゃんと知り合いだったじゃねえかっ！」

「ちょっとあなた、こんな奴に気を使うことはないのよ。悪人みたいな顔で怖いかもしれないけど、私がキッチリと締めてやるから」

「いえ、以前に会ったときに親切にしていただいたので」

「……本当に？　単に絡んできただけじゃなくて？」

まあ、絡まれたという捉え方もできなくはないかもしれない。改めて想像してみると、結構な絵面だった気がするし。

とりあえず、ここは曖昧に微笑(ほほえ)んでおこう。

「ほら、やっぱり困っていたんじゃない！」

「い、いや、でもあのときは……。なあ、困ってたわけじゃないよなぁ」

「……ふふ、すみません。絵面を想像すると勘違いされそうだなと思っただけで、本当に困っていたわけじゃないです」

厳つい男の人がタジタジになっている様は見ていて面白かったけれど、さすがに時間ももったいないのでフォローしておく。

実際、初めて会ったときのことは助かったという思いの方が強いのだし。

「そう？　ならいいけど」

若干まだ疑わし気ではあるけれど、女の人の方も納得してくれたみたいだ。

「そういえば、前に会ったときは結局名乗らずじまいだったな。改めて、俺はケルヴィンだ。〝火竜の狩人(かりゅうど)〟というパーティーのリーダーをしている。後、この町の冒険者のまとめ役みたいな役目も押し付けられているな」

「私はリリーよ。この筋肉ダルマと同じパーティーで弓士と魔法使いを兼ねているわ。見ての通り、種族はエルフよ」

一度落ち着いたところで、ケルヴィンさんとリリーさんから自己紹介を受ける。リリーさんについては、ついつい目を向けてしまっていた耳をピコピコと動かしてくれるサービス付きだ。

「えーっと、私はフェリシアです。町の近くの森の中にある屋敷に住んでいます」

リリーさんの耳にしばらく見とれていたけれど、こちらも名乗り返す。

といっても、侯爵家から捨てられた今の私だと特に自己紹介で話すことがなかった。とりあえず、名前だけというのもアレなので屋敷のことを付け足してみたけれど。

「おう、魔の森の中の侯爵家の屋敷に住んでるんだってな。一応、ギルドの方から説明を受けてるぜ」

「えっ、ギルドから？　もしかして冒険者の人たちはみんな知っている感じですか？」

「ああ、一応この町で活動している奴らは全員知っていると思うぜ。ギルドとしても侯爵家のお嬢さん相手にちょっかいをかけるような奴を出したくないだろうしな」

「まあ、ここにいたいけな少女に絡む不審者がいるけどね」

「おいっ！」

目の前で再び二人のじゃれあいが始まってしまった。

しかし、私のことは冒険者に周知されているのか……。

いやまあ、それでどうこうというわけでもないけれど、一応覚えておくことにしよう。

第30話　魔の森の話

「それで、今日は一体どうしたのですか？」

「ん？　ああいや、単に嬢ちゃんが一人で歩いてるのが不用心に見えたから声をかけただけだ。さっきも言ったように、俺はこの町の冒険者のまとめ役みたいなことをやってるからな。最近は森の様子もおかしいし、念のためってやつだ」

「イマイチ実感がないのですが、最近の魔の森はそんなに危ないのですか？」

「そうね、正直かなり危険だと思うわ。周期的にはかなり短いけれど、魔物が溢れる可能性もあるくらいにはね」

「そんなにですか!?」

リリーさんからの回答に思わず驚きの声を上げてしまう。

自分にはあまり関係のない話だろうと思っていたら、魔物が溢れるという可能性まであるなんて。

「おいおい、あんまり嬢ちゃんを驚かせるなよ。心配しなくても、まだ溢れだと決まったわけじゃない。何しろ、これまでの周期を考えると後数十年は先のはずなんだからな」

「甘いわよ、ケルヴィン。魔の森のことに対して、そんな決めつけは命取りよ。それに、前回の溢れは明らかに規模が小さかったわ。もしかしたら本格的な溢れの前触れだった可能性だってあるんだから！」

魔物の溢れか。

一応知識としては知っているけれど、まさか私に関わってくるような話だとは思わなかったな。

何せ、一般に知られている溢れの周期は百～二百年と言われていて、前回の溢れは二十年前くらいに起きていたはず。つまり、少なくとも後八十年くらいは溢れの心配がないと思われていたのだから。

まあ、魔の森の異変が本当に魔物の溢れの前兆かどうかもまだはっきりしないそうだけれど。

「ところで、魔物の溢れの発生はどうやって察知しているのですか？」

ふと気になったので質問してみる。

魔物の溢れに対しては万全の対策をして臨むという話を聞いたことがあるけれど、どうやってその予兆なりを察知しているのかは知らなかった。漠然と発生周期が近づいてくるとそれとなくわかるものだと思っていただけで。

「まあ、ざっくりと言えば魔の森に異変があったら魔物が溢れる前兆だな」

「ざっくりし過ぎよ、バカ。えーっと、魔物の溢れと呼ばれる現象がどうやって起きるかは知ってる？　魔の森の深部のさらに奥、魔境と呼ばれるエリアから強力な魔物たちが出てくることで発生するのだけど、これは大きく三つの段階に分かれているわ。魔境から魔物が移動し始める一段階目、魔の森の中で魔物の数が急激に増える二段階目、魔の森から魔物が溢れる三段階目ね。魔物の溢れは大体この一段階目から二段階目の異変を確認することで発生を予測しているわ」

「つまり、魔境から魔物が移動し始めたら魔物の生息域が変化するからそこから予測するということですか？」

「そうなるわね。まあ、実際には奥から魔物が移動したからといってすぐに魔物の生息域が変化するわけではなくて、ゆっくりと少しずつ生息域が移動するような感じらしいけどね。だから、一段階目の初期段階で魔物の溢れを察知することは難しいらしくて、大体は魔の森の中で生息域が変化しきって魔物の数が増え始める頃に察知することが多いらしいわ」

なるほどね。

というか、さっきギルドで聞いた魔の森の異変って魔物の溢れの前兆そのものなんじゃないかな。魔の森の深層の魔物の生息域が変化したという話だったし。

「話を聞く限りだと、明らかに魔物が溢れる前兆なのではないかと思うのですが……」

「まあ今の話だとそう思うのも無理ないが、別に魔物の生息域が変化する原因は魔物の溢れだけじゃないからな。単に進化したとかで強力な個体が出現した場合でも生息域の変化は起きる。というか、大抵の場合はそっちだ」

「じゃあ、今回の異変も魔の森に生息する魔物が進化した影響で生息域が変化しただけということですか？」

「それを今調べてる感じね。ただ、単に魔物が進化して強力な個体が出現したにしては影響範囲が広過ぎるのよ。まあ、別に強力な魔物が出現することだけが生息域の変化につながるわけじゃないし、例えば水場やエサ場の環境が変わったとかでも生息域は変化するからね。だからまあ、ケルヴィンの言う通り心配のし過ぎということも十分考えられるわ」

「つまり、今は調査結果を待っているという感じですか？」

「そうなるな。まあ、仮に魔物の溢れだとしても今日明日に始まるものでもないし、前回の溢れのように十分に備える時間はあると思うぞ。さっきリリーが言ったように、まだ魔の森で魔物が増える段階も残っているわけだしな。それに魔物が増える段階に関しては、魔の森で魔物を間引けばその分だけ溢れの発生を遅らせることができる」

「そうね。それに私から言い出しておいてなんだけど、まだ溢れだと決まったわけでもないし、魔の森に近寄らないのであれば特に影響もないと思うわよ」

話を聞く限りだと、結局この件に関しては様子見するしかなさそうな気がする。つまり、今行われているという魔の森の調査結果待ちだ。

それにどうやらギルドの方でも私のことを周知するなどして気にかけてもらえているみたいだし、たぶん次に薬草を売りに来たときにでも教えてもらえるだろう。

「あれ？　今の話だと溢れの場合は、生息域の変化の後に魔物の増加という段階があるみたいですが、他の原因で生息域に変化が出ていた場合はどうなるのですか？」

「その場合は原因によって色々だな。強力な個体が出た場合だとその個体の行動次第だし、環境の変化だとその影響を受ける魔物全体の行動次第になるから正直予測できん」

「まあ、どちらの場合も生息域が変化した周囲から順々に弱い魔物が弾き出されるようになるかしら。だから、いきなり森の浅いところで普段よりも強力な魔物が出現したり、森の外に魔物が出てきたりということが起きるわね」

「えっ!? 森の外にいきなり魔物が出てくるようになるって、そっちの方が危険じゃないですか!」

「大丈夫よ。この町は魔の森の近くにあるだけあって、ちゃんとした外壁で囲まれているから弱い魔物程度でどうこうなんてことにはならないわ。街道近くに出る魔物に関しても、そもそも街道を使うのは冒険者か商人だからね。冒険者は自力でどうにかするし、商人は護衛の冒険者を雇っているから」

「まあ、稀に進化した個体が暴れまわった挙句に森の外まで出てくることもあるが、それも所詮は個の脅威でしかないからな。ギルドの冒険者で囲めばどうとでもなる」

なるほど。一般人はそもそも魔の森に近づかないから別に影響はないと。で、町の外に出ることのある冒険者や商人に関しては、そもそも自己責任だという話かな。

だけれど、まあ……。

「私は魔の森の中にある屋敷に住んでいるのですが……」

「「あぁ……」」

「いや、そういえばそうだったみたいに頷かれても困るのですが!?」

「ハハハ、すまんすまん。でもまあ、魔の森の中って言っても、嬢ちゃんが住んでるのは侯爵家の屋敷なんだろ。だったら問題ないだろ」

「そうね、問題ないわね」

実は危険な状態だったのかと思って不安になっていたら、予想外の返答をされてしまった。というか、二人は確信を持って断言しているみたいだけれど、あの屋敷には私の知らない何かがあるのだろうか。

「というか、嬢ちゃんはあの屋敷に住んでるのに知らないのか。あの屋敷のある森は結構な範囲が魔物除けの結界で守られているらしいぞ」

「えっ、魔物除けの結界ですか？　屋敷の敷地が結界で守られているのは知っていますが、森にも結界があるのですか？」

「結界なのかどうかはわからないわ。ただ、屋敷の周囲の森に広範囲にわたって魔物除けが施されていることだけは確かね。実際、あっちの森で活動している冒険者なんて見ないでしょ？　あのあたりの森だと魔物が出ないから稼げないのよ」

「侯爵家の屋敷があるからじゃなかったのですね」

「いや、それも理由の一つではあるぞ。いくら住人がいなかったとはいえ、侯爵家の屋敷がある周辺に好き好んで近づくような冒険者はいねえよ。そっちの方が稼ぎになるならともかく、逆に稼ぎが悪くなるんだから尚更な」

まあ、それはそうか。

そういえばお母様も冒険者は貴族を避ける傾向があると言っていた気がする。好き好んで近づくのは貴族のお抱えになることを望む冒険者だけで、自由を好むほとんどの冒険者は貴族に近寄らないのだと。

「まあ、そういうわけであの屋敷に関してはあまり魔物の心配はいらないいんじゃないかしら」

「そうだな、魔物よりもむしろ人間の方が嬢ちゃんにとっては危険だろうな。出会ったときにも言ったが、嬢ちゃんみたいなのが一人で出歩くのは感心しないぞ」

「あはは、気を付けます」

思ったよりも長く話し込んでしまったけれど、最後にケルヴィンさんから再びの注意をされて別れることになった。不意の再会だったけれど、色々と話を聞けて良かったと思う。

それにしても、屋敷の敷地に張られた結界だけでなく、周囲の森にまで魔物除けがなされているとは思わなかったな。

第31話　はじめての狩り

魔の森に関する不穏な噂を聞いてしまった以上、さすがに帰ってきてすぐに狩りを始めるというのはためらわれた。なので、帰り際に考えていた通り、先に屋敷周辺の森の確認から始めることにした。

「まあ、結局このあたりは特に異変があるような感じではないのよね」

今まで探索していた範囲を各方面ごとに一日かけて確認し、今日は屋敷裏の森を普段よりも深いところまで確認に入った。

けれど、特に異変が見つかることもなく、結果としていつもと変わらないことが確認できただけ。

まあ、素人の私の確認がどれくらい当てになるのかはわからないけれど、少なくとも魔物が溢れるほど増えているとか、逆に生き物が極端に減っているというような明らかな異変は確認できなかった。

「そういえば、屋敷の周辺の森には魔物除けが施されているらしいけれど、屋敷裏にはオオカミ系の魔物の痕跡があるのよね。それに関しては異変と言えるのかしら？」

先日町で聞いた話を思い出して疑問に思う。

けれど、オオカミ系の魔物の痕跡に関しては、別に最近になってできたというわけではなく、探索を始めた最初の頃からあったものだ。そうなると、魔の森の深部で起きている異変とは関係ないのではないかとも思う。

「屋敷周辺の森の探索を始めてからだいたい三週間くらい……。さすがに数日前に報告された森の深部の異変が、三週間も前からこんな浅いところにまで影響してくるとは思えないし、屋敷裏の森にオオカミ系の魔物がいたのは別の問題なのかな」

少し気になるところではあるけれど、今までの探索でも特に問題なかったのだから大丈夫だと思う。それに、狩りに入るのは屋敷裏ではなく左右の森なのだし。

とりあえず、そう信じることにした。

周辺の森の確認を終えた翌日。いつも通りに畑のお世話を終わらせ、狩りのために森へと向かう。買いそろえた狩りの道具は肩から提げたマジックバッグに収納しているので、見た目は普段の探索と変わらない。まあ、変に装備が変わって動きにくくなっても困るので、いつも通りが一番だと思う。

「どこに仕掛けるのが良いんだろう？」

森の中を歩きながらつぶやく。

今回、私がやろうとしているのは小動物向けの箱罠を使った狩りだ。

箱罠というか、罠については最悪自作することも考えていたのだけれど、都合よく雑貨屋で目的に合致する物を見つけることができたのでそれを使うことにした。

正直、罠に関してはギルドなどの専門的な場所でしか扱っていないと思っていたので、普通の雑貨屋で売っていたのは意外だった。

けれど、お店の人曰く、畑を荒らす小動物対策としての需要から常に一定数を置いているらしい。屋敷のことがあるので勘違いしていたけれど、よくよく考えてみると畑を守るために魔道具を使うということは普通しない気がする。

そう考えると、箱罠などの害獣対策というのはそれなりに身近なのかもしれない。実際、箱罠が雑貨屋で売られているくらいなのだから。

まあ何にせよ、私のあやふやな知識をもとにした微妙な罠などより、市販されている罠の方がよほど信頼できるので都合が良いことには変わらないのだけれど。

「とはいえ、ちゃんとした罠はあっても、狩りの仕方は自己流になってしまうのがね。まあ、狩りというか罠を仕掛けるだけだから、基本的には適した場所に罠を設置すればいいのだとは思うけれど」

一応、罠を買うときにお店の人に確認した限りでは、畑に侵入される経路のそばに仕掛ければいいとのことだった。私の場合は畑に仕掛けるわけではないけれど、要は獲物の通り道などの行動範囲内に罠を仕掛ければいいということだと思う。

そう思って周囲を観察しながら歩いているのだけれど。

「……わからない」

いや、一応は獲物となる小動物のものであろう痕跡を見つけてはいる。見つけてはいるけれど、本当にここに仕掛けていいのだろうかという不安が出てきてしまって、まだ一カ所も仕掛けることができていない。


「はあ、悩んでいてもどうにもならなそうだし、ここに決めましょう」

うだうだと悩み続けた結果、普段の探索の半分くらいの地点にまで来てしまった。

用意した箱罠は三つあるので、このままだと三つをまとめて近くに設置してしまうことになる。

そんな焦りから、やや乱暴に一カ所目の設置場所を決める。

「まあ、まだ一回目だし試してみるしかないよね」

箱罠を設置しながら不安をごまかすようにつぶやく。

狩りを始めるにあたって屋敷にある資料を調べてみたのだけれど、残念ながら箱罠を使った狩りについて書かれているものはなかった。

どうやら、以前の住人は弓や魔法を使った狩りをしていたらしく、残っていたのはもっぱら獲物の解体の仕方や保存方法について書かれたものばかりだった。なので、雑貨屋で聞いた言葉を参考に手探りで試していくしかない。

「こんなものかな？」

最後の罠を仕掛け終え、一段落という感じでつぶやく。

仕掛けた場所は普段の探索コースからやや外れた場所に三カ所。

設置場所については深く考えずにいたけれど、一カ所目の罠を仕掛けたときに設置場所を覚えていなければいけないということに気づいた。なので普段の探索で回っている経路の近くに仕掛け、簡単な目印を残すようにした。

「ちゃんと獲物が掛かってくれるといいのだけれど」

改めて周囲を見回す。

一応、仕掛けた場所は近くに小動物の痕跡があった場所になる。けれど、最近の探索で何度も通っているだけあって明らかに人が入ったような痕跡も残っている。

しばらくは空振りも覚悟の上で試していくしかないのかもしれない。

第32話　狩りの成果

「あっ、ここは掛かってる！」

昨日設置した罠の確認のために森に入り、二連続で空振りに終わった後、最後の一つで当たりを引いた。

成果なしで終わらなくて良かった。喜びとともにそんな安堵の思いが溢れてくる。

「えーと、掛かったのは大きなネズミかな？　こういう大きなネズミってなんて言うんだっけ？　ヌートリアだっけ？」

罠に近寄り、掛かっている獲物を近くで観察する。

これまでは遠目でしか見ることができなかったけれど、近くで確認してみると前世のテレビで見た名前をふと思い出した。正直、ネズミだとイメージが悪いのでこれからはヌートリアと呼ぶことにしよう。

「でも確かヌートリアって、水辺に生息しているんじゃなかったっけ？　水かきっぽいものもついているし、記憶違いというわけでもないと思うのだけれど」

このあたりもそれなりに探索したつもりでいたけれど、近くに水場はなかったように思う。もしかしたら、この世界のヌートリアは水辺以外でも生息できるか、行動範囲がとても広いのかもしれない。

「……ごめんね」

そんな言葉とともに箱罠の中から威嚇してくるヌートリアを捕まえ、短剣でとどめを刺す。

わずかにピクピクと震えた後、ヌートリアから動きが消える。できるだけ苦しませずに済ませられていればいいのだけれど。

そんな風に思いつつ、罠の中からヌートリアを取り出して用意していたバッグへと仕舞う。

こちらは普段使用しているバッグとは違ってバッグ内の時間が停止するタイプのマジックバッグだ。これのおかげで、獲物の処理を森の中で行う必要がない。

しかし、容量が小さいとはいえ、時間停止機能がついたものが屋敷に放置されているあたり、さすがは侯爵家という感じではある。容量の拡張機能しかついていないマジックバッグと違って、時間停止機能付きはかなり貴重で高価なものだったはずなのに。

「まあ、おかげで私が助かっているのだし、ここは素直に感謝しておこうかな」

そうつぶやき、わずかに流れた血を魔法で出した水で洗い流して土をかける。

「……そういえば、罠って同じ場所に続けて仕掛けてもいいものなの？」

とりあえずの後始末をしたところで、ふと疑問を覚える。

パッと見には少し湿った場所があるようにしか見えないけれど、動物たちからしたらこれでも違和感を覚えるかもしれない。

「まあ、今回はそのままにしてみようかな」

空振りに終わった先の二カ所は、仕掛けだけ確認してそのまま残してある。

であれば、獲物がかかった場所と空振りだった場所の両方をそのままにしてみるのも実験としてはアリなのかもしれない。

それにしても、初めての狩りで三カ所の内一カ所で獲物がかかっているという結果は良いのか悪いのか。ひとまず、成果がゼロではなかったから悪くはなかったとは思うのだけれど。

まあ、大事なのは今回一度の成果ではなく、これから継続的に成果が得られるかということだろうから、良し悪しの判断はこれからの結果次第かな。


屋敷に戻って装備を解き、獲物の入ったバッグを持って解体小屋へと向かう。

一応、時間は止まっているはずなのだけれど、気分的に獲物の処理は早く済ませておきたい。それに、実際にお肉となる量がどれくらいかも確認しておきたいしね。

「まずは血抜きからだね」

バッグからヌートリアを取り出し、まだぬくもりがあるそれを首の切り口を下にして吊り下げる。

「にしても、ちゃんとした設備が整った小屋があって助かったよ」

前住人が狩りをしていただけあって、屋敷の隣に小さいながらも解体小屋が用意されていたのは助かった。

まあ、前住人が住んでいたのはかなり前なので使えなくなっていた道具も多いけれど、場所が用意されているだけでもかなり違う。

「じゃ、魔法も使って手早く終わらせましょうか」

そうつぶやいて吊り下げたヌートリアに手を添える。

普通、魔法を使った血抜きというのは特別な獲物くらいにしか使わないらしいけれど、どうせこの一体しか解体しないのだからおさらいを兼ねて試してみる。

「魔力でヌートリア全体を包み込むようにして……」

体内で練り上げた魔力をゆっくりとヌートリアへと流し込んでいく。

攻撃魔法みたいな外部に作用する魔法は未だに訓練ができていないので苦手だけれど、身体強化と同じ要領のこの魔法であれば問題なく使うことができる。というか、普段から身体強化を使い続けているおかげで、魔力の練り上げや移動についてはかなり上達している気がする。

「全体に魔力が行き渡ったら、後は体内に残った血を首の切り口から流れ出るようにイメージしてやれば……」

そうつぶやいて、口にしたイメージを魔法へと変換する。

この世界の魔法は、魔力とイメージによるところがとても大きい。

攻撃魔法みたいに体外に魔力を放出する必要があるものについては魔力操作も重要になるけれど、この血抜きのような魔法であればその二つだけでどうにかなる。何なら、上手くイメージができていなくても魔力によるゴリ押しだけでできてしまうくらいだ。

「うん、上手く流れ出てきたね」

久しぶりに試した魔法だったけれど、上手く発動できたみたいで良かった。

「後は水で洗って、内臓を抜いて、皮をはいで、お肉を切り分ければ終わりかな。……言葉にするとまだまだ作業が残っている気がするね。まあ、やるしかないのだし、一つずつやっていきますか」

そう言って、残りの作業に取り掛かることにした。


「おいしー」

その日の夜、さっそく調理したヌートリアのお肉を食べてみると予想以上においしかった。

狩りで手に入れたお肉は、血なまぐさかったり、硬かったりというイメージがあったけれど、普通においしいお肉だった。さすがに高級なお肉みたいな味とまではいかないけれど、素人の私が自分で解体したお肉としては十分過ぎる味だ。

「これはもう、森での狩りを続けていくしかないね」

味は予想以上で満足できたけれど、お肉となる量自体は元の大きさが大きさだけに少なかった。一食で使い切るほど少ないわけではないけれど、二、三日で使い切ってしまうくらいには量が少ない。

「というか、保存の方法とかも考えないといけないのか……」

素直に狩りの頻度や罠の数を増やすことを考えたけれど、それをやって獲れる量が増えると今度はどうやって保存するのかという問題が出てくる。すぐに思いつくのは塩漬けにするとか燻製にするとかという方法だけれど、具体的な加工方法もわからなければ、実際にどの程度の期間保存できるのかもわからない。

とりあえず、お肉を確保する目途は立ったけれど、まだまだやることも考えることもたくさんありそうだ。

第33話　魔法の話

「さて、お肉の確保も目途が立ったことだし、先送りにしていた魔法の訓練にも手を付け始めようかな」

朝の日課を終え、地下の実験室で一人気合を入れる。

本来であれば、森の探索をするより前に始めるべきだったのだけれど、思いのほか魔法陣が便利だったのでついつい後回しにしてしまっていた。

けれど、魔の森に異変が起きているという話もあるし、魔法陣以外の手段も用意しておきたい。

魔法陣は便利ではあるけれど、想定外のケースに対応できないから。

「というわけで、まずは基本のおさらいからだね」

そう言って、領都から持ってきた魔法の教本を開く。同時に太字ででかでかと書かれた一文が目に飛び込んできた。

〝魔法とは魔力を用いて己(おの)が想像を現実へと変えるものである〟

魔法を学んだことがある人間であれば、必ず一度は目にしたことがあると言われるほど有名な言葉だ。

家庭教師のおじいさん曰く、『魔法の基本を示す言葉でありながら、この言葉一つに魔法の全てが詰まっている』らしい。

「まあ、要は魔法を使うためには魔力とイメージが重要だということだよね」

というよりも、この世界の魔法は魔力とイメージ次第という方が正しいのかもしれない。

実際、発動させたい魔法の明確なイメージがあって、それを発動させるに足る魔力さえあれば、どんな魔法でも理論上は発動させることが可能だとされているし。

「とはいえ、本当に魔力とイメージだけというわけにもいかないのよね。まあ、突き詰めていけば魔力とイメージということになるのかもしれないけれど」

そもそも人間が普段無意識に纏(まと)っている魔力だけでは、まともに魔法を発動させることができない。せいぜいが生活魔法と呼ばれるレベルの魔法をかろうじて発動させられるくらいだ。なので、魔法に必要となる余分な魔力を新たに練り上げることが必要になってくる。

「魔力を練り上げる技術と魔力を移動、放出する技術、まとめて魔力操作と呼ばれているけれど、この技術が必要になるのよね。というか、魔法訓練の実技は基本的にこの魔力操作を鍛えることになるのだけれど」

ちなみに、魔法訓練の座学は発動させる魔法のイメージを明確にする訓練になる。

魔法に必要なイメージには、発動時の光景などの漠然とした外面的なイメージと威力や範囲という設定や発動原理などの内面的なイメージの二種類がある。

座学で訓練するのは、設定や原理などの内面的なイメージが主で、外面的なイメージについては魔法の種類についての知識を増やす程度だろうか。

外面的なイメージを明確にするには、実際の魔法を見たり使ったりするのが一番効率が良いので、魔法訓練の実技や応用で鍛えることになる。

「座学で魔法の知識をつけてイメージを鍛え、実技で魔力操作を鍛える。そして、最後に応用編として、座学のイメージと実技の魔力操作を使って実際に魔法を使う、と。魔法の訓練の流れとしては、こんな感じかな」

パラパラと流し読みしていた教本を閉じて、訓練の流れを大雑把(おおざっぱ)にまとめてみる。

領都で行っていた魔法の訓練は広く浅くという形だったけれど、これから始める訓練は魔の森で自分の身を守るためのものだ。そのあたりも含めて、しっかりと訓練の方針を立てていきたい。

「訓練の流れを考えると、覚える魔法を検討するところからになるけれど、まずは昔教わったときと同じように魔力量の鑑定から始める感じかな。魔道具タイプのちゃんとした魔力鑑定器もあることだし」

そう言って、魔力鑑定器が置かれた棚へと目を向ける。

魔力鑑定の方法は大きく三種類あって、精度が高い順に魔道具、魔法陣、魔法を使った方法となる。

一般に使われているのは、魔法紙に魔法陣が書かれた魔力鑑定紙というものを使った簡易鑑定で、魔道具を使って鑑定することはほとんどない。何故なら、鑑定の精度を高めるために使用する魔石がかなり貴重でその数が少ないから。その上でさらに鑑定を行うたびに魔石が劣化していくのだから、魔道具を使った魔力鑑定なんてめったなことではできないということになる。

なので、基本的には教会で洗礼を受ける際の初めての魔力鑑定のときくらいにしか魔道具を使った鑑定は行われない。

まあ、この屋敷に魔道具タイプの魔力鑑定器があるように、ある程度の貴族家であれば自家で所有していて、頻繁に使っているのかもしれないけれど。

「まあ、細かいことを気にしてもしょうがないかな。せっかく目の前にあるのだから、気にせずに鑑定してしまいましょう」

机の上に持ってきた魔力鑑定器の前に立ち、ゆっくりと両手を伸ばす。

考えてみれば、魔力鑑定を行うのは五歳になったときに教会で調べて以来になる。それから三年も経っていないので大した変化はないと思うけれど、多少は期待したり、不安に思ったりしないでもない。

伸ばした両手が、球形に磨かれた鑑定用の魔石へと触れる。同時に身体から魔力がわずかに抜け出ていくのがわかった。

自分で魔力を流すのとは異なる微妙な感覚に耐え、そのままの状態で待つ。すると、ほどなくして魔力が抜け出る感覚がなくなった。

「ふー、少しは魔力が増えているかな」

閉じていた目を開き、鑑定器に示された結果へと目を向ける。

残念ながら一目でわかるような表示ではなく、温度計のように目盛りが伸びていくタイプの表示だ。

「えっと、ランクは……五、四、三、二で二級か。って、二級!?」

目盛りを読んで確認した結果に驚きの声を上げてしまう。

数え間違いかと見直してみるけれど、残念ながら級の境目には明確な線が引かれていて間違いということはなさそうだ。

「……前に調べたときは三級だったよね。確かに三級の中では多い方だったけれど、それでも三級の七とかだったはずなのに」

魔力量のランクとしては一級から六級まであるのだけれど、魔道具による鑑定の場合は各ランクをさらに十段階に分けて細かく調べることができる。

そちらに関しては単に一～十という表記で、数が増えるごとに量が多くなっていく。ランクについては、数が小さくなるにつれて魔力量が多くなるから微妙に紛らわしい。

「今の魔力量は二級の二か……。ほぼ三年で五段階アップとか、何が原因なんだろう？」

基本的に魔力量というのは、ほとんど増えることはない。そして増えたとしても生涯をかけて三段階アップぐらいが普通で、間違っても三年で五段階アップなどということにはならない。

魔力量が増えていることを期待していなかったわけではないけれど、さすがに一気に五段階も増えてしまうと不安になってしまう。

「あー、でもお母様は四級から三級に魔力量を上げたんだっけ」

不安の中、ふと昔何かの機会に聞いた話を思い出す。冒険者として一般的な四級から上位層の入り口である三級まで魔力量を上げたことで、より上を目指せるようになったのだと。

確か、それで名が売れるようになって父である侯爵の目に留まったという話だった気がする。

「つまり、遺伝ということ？」

確かに魔力などの魔法的な才能は遺伝しやすいと言われているけれど……。

こんなことになるのであれば、お母様からどれくらい魔力量が増えたのかも聞いておけば良かった。

第34話　魔力の話

いつの間にか魔力量が増えてしまっていたけれど、これはどうすればいいのかな？　いや、魔力量が増えたこと自体は、使える魔法も増えるし良いことではあるのだけれど。

「というか、二級って結構貴重な存在だよね、確か」

一度閉じた教本を再び開いて確認すると、魔法使いのランクは次のように定義されていた。

特級　：　歴史に名が残るような英雄、世界規模の魔物災害に対応できる
一級　：　王族や王族の血をひくごくわずかの人、国レベルの魔物災害に対応できる
二級　：　上級貴族など代々魔力量が多い血筋を持つ人、都市レベルの魔物災害に対応できる
三級　：　いわゆる魔法使いと呼ばれる人、個の魔物災害に対応できる
四級　：　戦闘の補助として魔法を使うことができる人、魔法のみでの戦闘は厳しい
五級　：　一般人
六級　：　魔力なしや何らかの事情で魔法を使えない人、ほぼいない

「都市レベルの魔物災害に対応できるとか、これはバレたらダメなやつなのでは？」

確認した内容に思わずこぼしてしまう。

さすがに二級の魔力量があるから即二級の魔法使いとなるわけではないけれど、素質としてはそれだけのものがあるということになる。

まあ、それだけの実力を手に入れられること自体は構わないのだけれど、問題はそんな奴を国が放っておいてくれるのかということだよね。二級以上に分類される人たちの内訳を見る限り、どう考えても十分な人数がそろっているとは思えないし。

「今さら、国に仕える魔法使いになるというのもねぇ。侯爵家から放り出されてすぐの頃ならともかく、この屋敷での生活に慣れてきた今になってそういう可能性を出されるのはちょっと……」

まあ、私がイヤだと言ったところでどうにかなる問題ではないのだろうけれど。

とりあえず、そんな未来を回避するためにも、魔力量が二級になったことは全力で隠し通すしかない気がする。

「というか、魔力鑑定ってどういうタイミングで受けるものなんだろう？」

よく考えてみると、五歳になったときに教会で調べる以外に魔力鑑定を受けるタイミングを知らない。いやまあ、たぶん魔法関係の仕事に就く人であれば、そのときにも魔力鑑定を受けるとは思うのだけれど。

……あぁ、後は学園に入学するときにも魔力鑑定を受けるんだっけ。今となっては関係ないことだけれど。

「このままの生活を続けるのであれば、可能性があるのは冒険者として登録するときかな？　登録に魔力鑑定が必要になるかはわからないけれど、必要なのであれば冒険者になるのを諦めないといけないかもしれないね。まだ先の話ではあるけれど、それとなく確認しておこうかな」

まあ、将来的に冒険者登録をしておいた方が便利だと思うから登録したいというだけであって、別に無理してまで冒険者になりたいわけではないし。なので、これについては一応回避可能だと思う。

「他に可能性があるとすると、どういうケースなんだろう？　大きな街に入るときとか？　いやでも、さすがに街に入る人全員の魔力鑑定なんてやらないか。入国審査くらいになるとやるかもしれないけれど」

そうなると、将来的にこの国から出るのは難しいのかな。でも、冒険者として他国に入国するのであれば魔力鑑定で二級だとバレても問題なかったり？

「まあ、今のところ他国に行く予定はないから関係なさそうだけれど。そうなると、自発的に魔力鑑定を受けることになる可能性よりも、人から魔法で魔力鑑定される可能性の方が高いのかな？なんとなく用心深い冒険者とかはそういうことをしそうなイメージがあるし」

ただ、魔法による魔力鑑定だと、魔法の使用者との相対的な魔力量しかわからないんだよね。そうなると、私の魔力量が二級だとはっきりわかる人はあまりいないのかな？

まあ、魔法の精度次第だとは思うけれど、魔力量の差が大きくなればなるほど、相対的な差では魔力量のランクはわかりにくくなると思うし。

「とりあえず、考えてみた限りだと魔力量がバレる可能性は低そうなのかな。魔法による魔力鑑定だけ怖いけれど、よく考えてみると相手が冒険者であればそんなに問題にはならない気もするしね。バレたら問題になりそうなのは、国とか貴族の関係者とかだろうし」

そもそも今の状況で国のお役人に会う機会なんてないだろうし、貴族関係もラビウス侯爵家の関係者くらいしかこんな辺境の町に来ることはないと思う。冒険者やギルドについても、国や貴族とは一定の距離を取っているはずだから問題ないはず。

そう考えると、思ったよりも大丈夫な気がしてきた。

第35話　魔法の選定

色々と考えてみた結果、魔力量の増加がバレる可能性が思ったよりも低そうだとわかったので、当初の予定通り魔法の訓練に戻ることにする。まあ、まずは魔法の選定からになるのだけれど。

「おすすめというか、基本になるのは魔法の属性を決めてアロー系、ボール系、ウォール系の魔法を覚えることみたいだね。特に覚えたい魔法があるわけでもないし、教本のおすすめ通りにしておきましょうか」

三度開くことになった教本を読み終えてつぶやく。

最後まで目を通してみたけれど、特にコレというような魔法はなかった。まあ、基礎を学ぶための教本なので仕方ないことなのかもしれないけれど。

「それにしても属性かー。とりあえず、森の中で使うから火の魔法はダメだろうし何が良いんだろう?」

この世界の魔法には、生まれ持った得意属性などというものはない。けれど、人によって発動させやすい属性というものはある。

要は、魔法発動の際にイメージが重要になるので、その属性のイメージのしやすさが得意不得意につながってくるということだ。

「生活魔法の着火と造水、光球は使えるから、火と水、光の属性については最低限のイメージができていることになるはず。まあ、どれも身近なものをイメージするだけだから、使えない人の方が少ないのだけれど」

着火は指先に火を灯す魔法、造水は手元に水を作り出す魔法、光球は手元に光の玉を作り出す魔法になる。

この中だと光球だけ難易度が高いものになるかもしれない。実用性を考えると、手元に作り出してから離れた位置に動かす必要があるから。

そんなことを考えながら、実際に手元で魔法を順に発動させていく。

どの魔法もそれなりに使う機会が多いこともあって、特に問題なくスムーズに発動させることができた。

「生活魔法と呼ばれるような誰でも使える魔法だし、あまり参考にはならないか……。考えてもわからなさそうだし、実際に試してみた方が早いかな」


というわけで、魔法を試すために屋敷の裏にある薬草畑へと移動した。魔素異常対策のために薬草を刈り取ったままの広いスペースがあり、軽く魔法を試すにはちょうどいい場所だったので。

「アースウォール」

ひとまず、魔法を試射するための的を魔法で作り出す。

魔法を試すために魔法を使うという行為に疑問を感じないでもなかったけれど、気にしないことにする。いちいち的となるものを用意するのも面倒くさいし、目的は属性ごとの発動のさせやすさを知ることなので準備に使う分はノーカンということでいいと思う。

「思ったよりも頑丈そう？」

魔法で出した壁をペタペタと触って確かめてみると、思ったよりもしっかりとしていた。

イメージは土を固めた壁だったのだけれど、そういう外見的なイメージよりも、魔法の的にするという目的からのイメージが優先されて強度が高くなっているのかもしれない。

「まあ、的としての役割を果たしてくれればいいか。イメージに関する調整というかブレに関してはこれからの訓練でどうにかするということで」

的となる壁に背を向け、距離を取るために歩き出す。

気づけば薬草畑で草を食んでいたはずのオニキスが近くに来ていた。最近は畑のお世話以外だと森に行くことが多かったし、ここで何かしているのが珍しかったのかもしれない。

「今から魔法の試し打ちをするから、念のために離れていてね」

近づいてそう説明するも、オニキスは離れていく様子がない。どうやら、見学するつもりらしい。

「見ているというのであれば、後で感想でも聞いてみようかな。まあ、最後まで見ていてくれるかは疑問だけれど」

言葉としての感想はもらえないかもしれないけれど、好き嫌いくらいの反応はもらえるかもしれない。

気持ちを切り替えて、さっそく魔法の試射に移る。

「ファイアアロー！」

魔法がイメージしやすいよう、両手を突き出した状態で魔法を発動させる。

両手からやや離れた位置に火でできた矢じりが生まれ、的までの十数メートルの距離を一直線に飛んでいく。

数瞬後、ドッという鈍い音を立てて衝突し、的に黒い焦げ跡を残した。

「……威力はないけれど、こんなものなのかな？」

的の一部に焦げ跡を残す程度の魔法の威力に不安を覚えたものの、基本となる初級魔法だということで納得しておく。そういえば、教本の説明にも弱い相手に使ったり、複数を同時に発動させて牽制に使ったりすると書かれていた気がするし。

「まあいいや、他の属性もどんどん試していきましょう」

そう決めて、次々と試していくことにした。


「うーん、正直に言って属性による違いで特に差は感じなかったかな。……オニキスはどれが良かったと思う？」

思いつく限りの属性で試してみたけれど、ピンとくるものはなかった。なので、結局最後まで見ていてくれたオニキスに聞いてみたのだけれど、残念ながら首を振るだけだった。

「ダメか。じゃあ、テキトーに決めちゃいましょう」

属性による発動のしやすさというものは感じられなかったけれど、矢としてのイメージのしやすさというものはあったので、それを基に決めることにする。

「候補としては、土か氷かな？　別にアロー系の魔法しか使わないというわけではないけれど、使う機会は多くなりそうだし硬くなるイメージがある方が良いんだよね。ボール系に関しては範囲魔法だから少し違うけれど、ウォール系も壁としては硬い方が良さそうだし」

土の魔法については、的として使ったアースウォールが強度を証明してくれたように、安定して使えそうな気がする。氷の魔法についても土と同じように強度を強くできそうだし、こちらに関しては鍛えていけば水の魔法も上達するのではないかという期待がある。

「……よしっ、氷の魔法にしよう！」

手元で土と氷の塊を作り出し、気持ち発動が早かった氷を選ぶことにする。

気のせいかもしれない程度でも発動が早い方が良いし、何より土よりも氷の方が可愛い気がするしね。

第36話　魔法の訓練

魔法の選定を終えて訓練を開始したものの、数時間も経たないうちに問題が発覚した。

開始当初こそ、自由に魔法を撃ち放題できる環境を楽しんでいたけれど、ふと気づいてしまったのだ。〝あれ？　これって魔法の訓練になってないのでは？〟と。

まあ、魔法を使っていればイメージの強化にはなるので訓練になっていないは言い過ぎなのだけれど、少なくとも事前に想定していた魔力操作の訓練にはなっていなかった。

魔法の選定をしていたときは特に意識していなかったけれど、アロー系の魔法だと魔力操作なしで使えていたんだよね。

そうなると、訓練を始めてから撃ち続けていた魔法も当然魔力操作など必要としないわけで。だから、魔力操作の訓練になる方法を考える必要が出てきてしまった。


「うわぁ、一面氷漬けだぁ……」


〝より高度な魔法を使えば、必然的に魔力操作も必要になるのでは？〟と思いついて、ボール系の魔法を試した結果がこれです。いやー、思いつきで行動するのは良くないね。

「いや、真面目にどうしよう、コレ。火の魔法で試さなかったのがせめてもの救いだけれど、氷漬けは氷漬けで困るよ」

魔法の選定のときと同じように、薬草畑の空きエリアで試していたので実質的な被害はない。けれど、正直あまり気分の良い光景ではない。

かといって、氷を溶かすためにファイアボールを撃ち込んでも更なる惨事が起きそうなだけというのがね……。

しかも、こんな被害を出したにもかかわらず、試してみたアイスボールの魔法でも魔力操作を必要としなかったという事実が悲しい。結果として訓練に使っていた場所を無駄に氷漬けにしただけで、何の成果も得られなかったのだから。

「やっぱり、人間たるもの先人の知恵に頼らないとね」

というわけで、屋敷に戻って資料を漁ることにしました。

幸いなことに前住人が魔法の研究をしていただけあって、魔法関連の本や資料は大量に残されている。これだけあれば、魔法の訓練に関するものもあるはずだ。

「結局、使えそうなのはこの三冊だけか……。というか、この〝基礎から始める魔力操作入門〟を最初に見つけていれば、お昼には探すのを終わらせていたのに」

昼食を挟みつつ、半日かけて探し続けて見つかったのは次の三冊だった。

〝魔力の効率的な運用〟

〝魔力が増える仕組みとその効率化〟

〝基礎から始める魔力操作入門〟

この順で見つけたのだけれど、一冊目の〝魔力の効率的な運用〟がお昼前に見つかっていたので、それが最後に見つけた〝基礎から始める魔力操作入門〟であればと思わずにはいられない。まあ、嘆いたところで時間は戻らないので、実験室の蔵書の確認ができたと納得しておくしかない。

「見つけた本も特に目新しい内容じゃなかったというのが悲しいんだよね。一応、〝基礎から始める魔力操作入門〟を参考に訓練するつもりではあるけれど、流し読みした限りでは今まで身体強化魔法を使っていたのとあまり変わらないような訓練になりそうだし」

とりあえず、今日のところは見つけた本の内容を確認して、実際の訓練は明日からかな。細部まで読み込めばもう少し有用なことも書いてあるかもしれないし、それに期待することにしましょう。

昨日の夜に読み込んだ本の内容を基に、さっそく訓練を始めてみる。基本となるのは、〝基礎から始める魔力操作入門〟に書かれていた内容だ。

他の二つに関しては、研究論文のようなものだったので訓練としてそのまま採用することは難しい。内容自体はそれなりに興味深いものだったのだけれど。

「くぅ、また失敗したっ!?」

最初に選択した訓練は、魔力操作の基本となる魔力移動の訓練になる。

私としては、身体強化魔法を使うときに体内で魔力を循環させていたから簡単な訓練だと思っていたのだけれど、実際に試してみると予想以上に難しかった。

いや、魔力を動かすこと自体はできているのだけれど、必要な量を必要な場所に動かすという魔力移動が上手くいかない。身に纏っている魔力全体を動かすのであれば簡単なのだけれど、一定量だけというのが思いのほか難しい。気づいたら動かしている魔力が大きくなっていたりするので。

「うわっ、でか過ぎっ!?」

続いて試しているのは、これまた魔力操作の基本となる魔力を練り上げる訓練。

私の場合、普段から身に纏っている魔力だけで大抵の魔法は使えてしまうのだけれど、それでは訓練にならないので意識的に練り上げた魔力だけを使って魔法を使う訓練になる。特定の魔力だけを使うことになるので、先にやっていた訓練の応用にもなるね。

何度か試してみた結果わかったことは、今までがどれだけ雑に魔力を練り上げていたかということ。一定の量を意識しているにもかかわらず、練り上げた魔力量が毎回バラバラになってしまう。

結果、アイスアローとして魔法を発動させても、サイズや威力がそろわない散々な結果になっている。何も考えずに撃っていたときは、サイズや威力がきれいにそろっていたのに……。

「あっ、また崩れたっ!?」

そして、最後に試しているのが発動させた魔法を保持する訓練。初日の今日は、空中に水球を浮かせてその数を増やしていくという訓練をしている。

残念ながら、現状では三つまでしか保持できない。同時に水球を作り出すだけであれば、十個以上でも余裕なのだけれど。

この訓練は先に行った二つの訓練の応用にあたり、複数の魔法を同時に展開するための訓練になる。将来的には、保持したままの水球の大きさを変化させたりということもやることになるのだけれど、この調子だと随分と先のことになりそうだ。

「なんというか、魔法が下手になった気がするよ」

その日の夜、ベッドの中で訓練を振り返って愚痴る。

本当に下手になったわけではないと思うけれど、少なくとも訓練している魔力操作に慣れるまでは一時的に発動が遅くなるという弊害はあるかもしれない。

ただ、今日の訓練の最後に魔力量を意識してアイスボールを放ったときには、一面が氷漬けになるということはなかった。なので、将来を考えるとこの魔力操作の訓練は必要なことなのだろうとは思う。

正直、鍛えているというよりは手加減の方法を覚えようとしているような感覚になるのが悲しいところではあるけれど。

「魔力操作の訓練は続けるとしても、別で魔法の開発でもやってみようかなぁ」

今日の訓練でずっと我慢を強いられていた影響か、ふとそんなことを思いつく。

戦闘系の魔法を思い切り撃ちまくるというのがストレスの発散には良さそうだけれど、さすがに威力の調節ができるようになるまでは難しいだろうし。そうなると、戦闘系以外の魔法になるのだけれど……。

「前住人に倣って、空間魔法の研究でもしてみようかな。容量が小さくても魔法でアイテムボックスが使えるようになれば便利だろうし」

実験室の資料を漁ってわかったことなのだけれど、空間転移が再現できていないだけで、実は空間魔法のアイテムボックス自体は結構使える人がいるらしいのだ。まあ、それなりに難度の高い魔法らしいけれど、前世の知識があって魔力量が増えた今の私であれば、案外簡単に使えるようになるのではないかと思ったりもするし。

「まあ、そのあたりもゆっくりと試していけばいいかな」

第37話　気ままな生活を目指して

魔法の訓練を開始してしばらく経った。幸いなことに、新たな問題が発生することもなく順調に訓練できていると思う。

ちなみに、同じように研究し始めた空間魔法については、何の成果も出ていない。

前世の知識があれば余裕だろうと楽観的に考えていたのだけれど、そう簡単な話ではなかったみたいだ。少なくとも私がイメージする空間魔法では、魔力不足になってしまって魔法を発動させることすらできていない。

何気に魔法を不発させるのが初めてだったので、何も起きずに魔力だけが霧散していくというのは地味にショックだった。まあ、訓練のときに不発時の現象を体験できたこと自体は良かったのかもしれないけれど。

こちらの研究に関しては、一度に練り上げる魔力量を増やすことでどうにかできないかと考えている。もちろん、屋敷の研究資料を読み込んで空間魔法に関する知識を増やすことも並行してやっていくつもりではあるけれど。

魔法以外の生活についても、比較的順調だと思う。不安があるとすれば、新しく育て始めた薬草がちゃんと育ってくれるかどうかだろうか？

異常成長していた薬草の在庫が切れそうなので新しく育て始めたけれど、一から育てるのは初めてなので少し不安ではある。まあ、停止させていた魔道具も再稼働させているし、野菜畑の方で野菜が順調に収穫できていることを考えれば、問題ない気はするけれど。

これに関しては、どちらかというと薬草の買い取り価格が下がるであろうことの方が問題かもしれない。おそらく新しく育てた普通の薬草だと、今の割増の価格から通常の価格に戻ってしまうだろうから。

後は、箱罠を使った狩りについても順調だ。

罠の数を増やして屋敷の左右の森を交互に使うようにしたり、罠の位置を変えたりすることで、今のところ空振りに終わることなく狩りができている。今まで狩りをする人がいなかったからこそのボーナスタイムのようなものだとは思うけれど、森の広さや狩りの頻度から考えて、私一人であればお肉の心配をする必要がないのではないだろうか。

次に町に行ったときには、小麦についても育てられるように手配するつもりだし、それが成功すれば食に関する心配は大きく減るはずだ。まあ、塩などの調味料なんかは町に買いに行くしかないけれど、それでも調味料だけであれば町に買い出しに行く頻度は一気に落ちると思う。

着るものに関しても、季節ごとに買えば大丈夫だろうし。

屋敷の前住人が女の人だったら、屋敷に残っていたものでどうにかするというのも可能だったかもしれないけれどね。まあ、さすがに男性物の服でどうにかしようとまでは思わない。侯爵家だけあって、残されていた衣類は質の良いものが多かったのだけれど。

「こう考えると、屋敷に引きこもってひっそりと気ままに生活する未来がようやく現実的になってきたのかな？」

食に関しては目途が立ったし、生活に必要そうなものは一通りそろえたと思う。

金策に関しても、薬草畑の魔道具が壊れない限りは問題なさそうだし、そもそも異常成長した薬草のおかげで、既にある程度の蓄えはできている。将来のことを考えると、お金はあればあるだけ安心できるけれど、そこまで切羽詰まった状況でもないので気長に増やしていけばいいと思う。

まあ、このまま行くとその将来が引きこもりか冒険者の二択になりそうなのがアレだけれど。

「これで、魔の森の異変が問題なく収まってくれれば一番いいのだけれどね」

遠い将来のことから思考を切り替えて、近い将来のことについて考える。

魔の森の異変については、前回の買い出しのときには特に情報が入っていなかった。ただ、ギルドのティナさんの反応を見る限り、あまり良い状況ではなさそうだったのが心配だ。

「まあ、心配したところで私にできることはないけれどね」

そう口に出してみるものの、一度生まれた不安感を完全に払拭することは難しい。本当に何事もなく異変が収まってくれると良いのだけれど。

閑話 王都にて

「すまない、待たせたな」

「気にするな、お前さんが忙しいことは知っている。それに、ここなら高級な茶に美味(うま)い茶菓子まで出てくるからな」

王城にある応接室の一つ。そこで二人の男が向かい合う。

先に部屋で待っていた男が王都の冒険者ギルドでギルドマスターを務めるブライアン、遅れて席に着いたのが王国の第二騎士団で二番隊の副隊長を務めるケネス・ハーバートだ。

「それで？　溢(あふ)れだというのは確定したのか？」

侍女が用意したお茶で唇を湿らせてから、ケネスが問いかける。

第二騎士団は国境警備、主に魔の森に対する警戒任務に就いているため、最近の魔の森の異変については気にかけていた。

「ああ、おそらくは確定だ。王国内の各ギルドから異変の報告が入っているし、隣国のギルドからも同様の情報提供があった。急激な魔物の増加こそ見られていないが、それも時間の問題だろう」

「念のために聞くが、溢れではなく単なる異変という可能性は残っていないのか？」

「さっきも言ったように、まだ魔物の増加という確定できる現象は確認できていないからな。その可能性がないとは言いきれん。だが、仮に溢れではなかったとしても、これだけ広範囲にわたる異変となると、結局は面倒ごとになることは変わらんぞ」

「それはそうなんだが……。それでも溢れよりはマシだろう？」

ブライアンからの回答を肯定しつつ、それでも溢れよりはと願ってしまう。

魔物の溢れと単なる異変では、その被害の規模が大きく違ってくる。異変による魔物の氾濫の場合は一度の氾濫で終わることが多いが、溢れの場合は何度も繰り返し氾濫が続くことになる。

前回の溢れからまだ二十年程度。

従来通り百～二百年周期で次の溢れが発生すると予想していたため、王国では次の溢れに対する準備ができていない。広い範囲で繰り返し氾濫が発生する溢れに対して、準備不足というのはかなり危機的な状況であると言える。

「気持ちはわからんでもないが、起きてしまったものはどうしようもないだろ。そんな無意味なことを期待するくらいなら、今できることを一つでも多くこなした方がマシだ」

「……まあ、そうだな。それで？　溢れが確定したという話でないのであれば、今日来たのは他に何かあったのか？」

ブライアンの言葉に、ケネスが頭を切り替えて問いかける。

定例の報告会のタイミングでもなく、溢れもまだ未確定だとすれば他に用件があるのだろうと思い至ったためだ。

「ああ、既に別口から話がいっているかもしれんが、まだなら早い方が良いと思ってな。西部で冒険者の数が足りていない。後、こっちは西部に限らんが、ポーション類の備蓄が全く足りていない」

「ん？　ポーション類については理解できるが、西部で冒険者が足りないというのはどういうことだ？　何かあったのか？」

「しばらく前に、隣国で割の良い討伐依頼が大々的に出されてな。そのときに隣国に流れた冒険者がこちらに戻っていないらしい。そのせいで西部の冒険者が足りず、辺境伯のところの軍を合わせてもかなり厳しいだろうという話だ」

「は？　いやいや、それは隣国による王国への妨害工作じゃないのか？　溢れに関しては、たとえ戦争中であっても各国で協力して事に当たると決まっているはずだ。であれば、隣国と調整して冒険者を融通すべきだろう」

ブライアンの言葉を聞いたケネスが間の抜けた声を出し、すぐさま問い直す。魔物の溢れという非常事態に隣国とのごたごたなど考えたくもない話だ。

「残念ながら、隣国に冒険者を融通させるというのは無理だな。一応、溢れの対応ということで強制的な移動命令も出せなくはないが、大した効果は見込めんだろう」

「今回の件は隣国が溢れの対応のために王国から冒険者を奪ったようなものだろ。であれば、しばらく前に出されたという依頼で移動した冒険者くらいは王国側に戻させるべきだ」

「タイミングが良過ぎたのは確かだが、残念ながら例の依頼についてはギルド本部の方で問題ないと判断された。だから、隣国から冒険者を引っ張ってくるのは無理だ」

「なっ、何故だ!? 明らかに隣国の妨害工作だろっ！」

ケネスが声を荒らげて抗議の声を上げるが、王都のギルドマスターでしかないブライアンにはどうすることもできない。ただギルドの判断を伝えるだけだ。

「少し落ち着け。ギルドとしては、隣国の討伐依頼は溢れの前兆が現れる前に出されたという判断だ。だから、この件に関しては隣国は運が良くて、王国は運が悪かっただけだ」

「……運が悪かった、か。溢れによる被害を考えるとそんな言葉で片付けたくはないのだがな」

「まあな。俺としても自分が暮らす国の命運をそんな言葉で片付けたいとは思わんよ。だからこそ、こうやって溢れに対する相談に来たわけだしな」

ブライアンのこの言葉をきっかけに、溢れの対策について具体的な検討が始まる。

魔の森での間引きを行ったとして、稼げる猶予は一、二ヶ月。長いようで短い対策期間にどれだけのことができるのか、王国を始め、各国で対応の協議が進められていた。

第四章　森の中の騒動と出会い

第38話　オニキスの変化

「ちょっ、ちょっと待って！」

買い出しのために町まで来て、いつも通りに門を通過しようとしたら突然そんな風に声をかけられた。何があったのかと声の方を向くと、そこには知らない顔がある。

……そういえば、最近は慣れて顔パスみたいになっていたけれど、町の門を通過するときには審査があるものだった。門番の人がいつもとは違うので、審査のために呼び止められたのかもしれない。

「あっ、すみません。審査のことを忘れていました」

「良かったー、止まってくれて。こっちを無視して町に入ろうとするから、てっきり単騎で町に攻めてきた賊なのかと思ったよ」

「えっ？」

町に攻めてきた賊？

いやいやいや、こんな可憐な少女を捕まえて賊はないでしょ、賊は。まあ、確かに門番をスルーして町に入ろうとしたのは申し訳ないと思うけれども。

「じゃあ、身分証とその馬の従魔登録証を見せてね。後、町の中だと従魔登録証は見える位置に付けてもらわないと違反になるからね」

「えっ？」

門番の人の言葉に心の中で文句を言っていると、こちらの様子を気にすることなく手続きを進められた。

というか、従魔登録証って何？　いつから馬に従魔登録が必要になったの？

「うん？　もしかして、身分証を持ってないとか？」

「あっ、いえ、自分の身分証はあるのですが、この子の従魔登録証がなかったので。馬にも従魔登録が必要になったのですか？」

「えっ？」

さっきからお互いに驚いたり慌てたりで微妙に話がかみ合っていない気がする。

そんなことを思い始めたところに、救いの手となる声が聞こえてきた。

「どうした？　何かあったのか？」

そんな言葉とともにやってきたのは、何度かこの門で見たことがある門番の人だった。

「あー、嬢ちゃん、この馬なんだが、前から乗ってたのと同じ馬だよな？」

少し離れた位置で二人で話していたかと思うと、顔見知りの方の門番の人が声をかけてきた。

いきなり何を言っているのかと思いつつ答える。

「はい、いつもと同じ馬です」

「そうか。言いにくいんだが、この馬、魔物化しているぞ」

「は？」

マモノカ？　……魔物化？

えっ、なんで？

「いや、俺たちも何だかんだで慣れてたから気づかなかったんだが、今日初めて見たこいつがどう見ても魔物だろうと言っててな。で、実際に鑑定してみたら魔物の〝バトルホース〟と出たんだよ」

「えっ、冗談とかではなく、本当に？」

「ああ、俺も驚いたよ。ほれ、嬢ちゃんも確認してみるといい」

そう言って渡された鑑定の魔道具を使ってオニキスを見る。すると、言葉通りに種族が〝バトルホース〟となっていた。

念のためにそのまま自分の身体（からだ）も確認してみたけれど、正しく種族が〝ヒト〟となっていた。

「えっと、オニキスが魔物化したというのは確認できたのですが、どうすればいいのでしょうか？」

借りていた鑑定の魔道具を返してから問いかける。現状、唯一の同居人を魔物化したからといって国に取り上げられるような事態は避けたい。

「とりあえず、嬢ちゃんがやる必要があるのはコイツの従魔登録だな。後、念のために魔物化した経緯については確認させてもらうことになるかな？　ないとは思うが、違法性があった場合は取り締まる必要があるから」

「違法行為なんてしていませんよっ！　それよりも、国に取り上げられたりとかはしないのですか？」

「ははは、しないしない。戦時中だとその可能性もあったかもしれんが、今の情勢だとそういうことにはならんよ。まあ、売りたいと言えば喜んで買い取ってくれるとは思うが」

「売りません！」

からかうような言葉に拒絶の言葉を返す。

ひとまず、無理やりオニキスを奪われるということはなさそうで良かった。

その後、詰所でオニキスが魔素異常の影響で魔物化したのだろうという推測を伝え、無事に町に入ることができた。

第39話　従魔登録

門の審査で時間を取られたこともあり、寄り道することなく気持ち急ぎ気味でギルドへと向かう。その道中で周りの視線が気になったのは、オニキスが魔物化したという事実を知らされたからだろうか？　自意識過剰な気もするけれど、ついつい気にしてしまう。自分の感覚では、特に何も変わっていないはずなのだけれど。

「あらフェリシアさん、お久しぶりですね」

ギルド内へ入って受付に近づくと、ちょうど冒険者の対応を終えたティナさんが私に気づいて声をかけてくれた。並んでいる人もいなかったので、そのままティナさんが待つ受付へと向かう。まあ、もともとティナさんの担当する受付を利用するつもりだったけれど。

「すみません、今日は薬草の買い取り以外にも従魔登録をお願いしたいのですが」

「従魔登録ですか？　もしかして、森で魔物を捕まえたんですか？」

「いえ、オニキスが、じゃなくて以前この町で買い取った馬が魔物化していたみたいで、門番の人に注意されたんです。なので、その魔物化した馬の従魔登録になります」

「魔物化ですか……。そういえば、以前住んでいる屋敷で魔素異常が発生していると言っていましたね。もしかして、その影響ですか？」

「ええ、そうです。どうやら、魔素異常の影響で気づかないうちに魔物化していたみたいで……」

ひとまず、オニキスの魔物化とそれが発覚した経緯について簡単に説明する。

ティナさんが魔素異常のことを覚えていてくれたおかげで、割とスムーズに話ができた気がする。

門で説明したときには、何というか半信半疑というような感じだったので、それがなかっただけでもかなり話しやすかった。

まあ、門番の人たちは普通の馬だった頃のオニキスも見ているし、魔物化なんていう異常事態に関する話を簡単に信じるわけにもいかないのだろうけれど。

ティナさんへの説明を終えると、実際に従魔登録を行うためにギルドの裏手へと移動することになった。


ティナさんと一緒にオニキスを連れて移動すると、ほどなくしてギルド職員の従魔師だという人が合流して従魔登録の手続きが始まった。

手続きがオニキスの鑑定からスタートしたので、魔物化を信じてもらえていなかったのかとついついティナさんの方を見てしまったのだけれど、それに気づいたティナさんからは「規則だから」と告げられた。なんでも、今回が魔物化したケースだから特別というわけではなく、従魔登録を行う場合は対象の種族を正確に記録するために必ず鑑定を行うらしい。

そんなやり取りがありながらも、無事にオニキスの魔物化が確認されたので、次の従魔登録に関する説明と諸注意へと進む。

説明される内容自体は基本的に当たり前のことだった。

従魔登録した魔物が問題を起こした場合は契約者がその一切の責任を負うだとか、町の中では従魔登録証を常に見える位置に付けておく必要があるだとか。

気になった点としては、従魔登録に関して更新料が必要だというところだろうか。

まあ、説明によるとギルドのデータベース上に従魔とその契約者の情報を登録して、各ギルドから照会できるようにしているそうなので、さすがに登録料のみでずっと管理するのは厳しいのだと思う。それに、どこかで区切りを付けないと登録情報が溜まる一方になるだろうしね。

「それでは、これを使って従魔契約をお願いします。これはそのまま従魔登録証になるので、契約が終わったらわかりやすい位置に付けておいてください」

従魔登録に関する説明が終わると、いよいよ従魔契約ということになり、ティナさんから球形の魔石が付いたペンダント型の魔道具を渡される。先ほどの説明にもあったことだけれど、ギルドに情報を残すためにも、登録時には既に契約済みであっても再度従魔契約をする必要があるらしい。

私たちの場合は契約していない状態だから、どちらにせよ契約は必須になるのだけれど。

「わかりました。これに魔力を流せば、従魔契約ができるんですよね？」

「そうです。魔力を流すことで、その魔道具に刻まれた従魔契約の魔法陣が起動して契約できるようになります。後、契約が完了すると、私が持っているこのカードにフェリシアさんたちの魔力を登録するために、魔力が少し吸われるので注意してください」

念のためにティナさんに確認し、問題なさそうなので実際に従魔契約を行うことにする。若干、魔力が吸われるというところが気になるけれど、さすがに変なことにはならないと信じよう。

「じゃあ、オニキスよろしくね」

そう言って右手に持った魔道具をオニキスへと突き出し、魔力を流す。すると、すぐに魔道具から白い光が放たれ、目の前に白い光でできた魔法陣が浮かび上がった。

十センチメートルほど浮かび上がったところで停止し、魔法陣が上下に分離する。そして、分離して二つになった魔法陣が、私とオニキスのそれぞれに向かってゆっくりと移動し、そのまま吸い込まれるように消えた。

「おぉ」

自身の体内に消えた魔法陣に対して声が漏れる。

けれど、すぐに魔力を吸われる感覚を覚え、一瞬身を固くする。反射的に抵抗しそうになったけれど、事前に魔力を吸われると聞いていたので我慢して耐える。

その直後、私とオニキスから吸い取られた魔力がティナさんの持つカード型の魔道具へと吸い込まれるのが感じられた。

「はい、これで従魔登録は完了です。一応、書類も作る必要があるので、フェリシアさんにはもう少しだけ付き合ってもらわないといけませんが」

ギルドで保管するカード型の魔道具を確認したティナさんがそう告げる。実際、意識するとオニキスとの魔力的なつながりを感じることができるので、無事にオニキスとの従魔契約は成功したようだ。

「ありがとうございます。いきなり魔物化していると言われて不安でしたけれど、ようやく安心できました」

「ふふふ。そうですね、これでフェリシアさんがその子を町の中で連れていても注意されることはなくなるはずですよ」

その言葉を聞き、隣にいるオニキスを見上げる。

首にかけた魔道具兼従魔登録証も特に嫌がることなく付けてくれているし、ひとまず魔物化という突然の事態はどうにかなったみたいだ。

第40話　魔物の溢(あふ)れの話

「はい、これで必要な書類は全て作成できました。今度こそ本当に従魔登録の手続き完了です」

従魔契約を終え、ギルド内の個室に移って必要書類の作成を行っていたけれど、たった今その確

認が終わった。

　オニキスの魔物化発覚により予定外のことに時間を取られてしまったものの、これでようやく本来の目的に戻ることができる。

「手続きありがとうございました。続けてで申し訳ないのですが、いつも通り薬草の買い取りもお願いできますか？」

「ええ、もちろん構いませんよ。というより、今は溢れ対策のために薬草をできる限り買い取りたい状況なので、こちらからお願いしたいくらいです」

「あれ？　もしかしなくても、魔の森の異変が魔物の溢れだと確定した感じですか？」

　いつも通りに薬草の買い取りをお願いしたら、ティナさんの口から〝溢れ〟という不穏な話題が出てきてしまった。前回の買い出しではまだ確認中だったはずなのに、この様子では確定してしまったのかもしれない。

「フェリシアさんはまだその情報を聞いていなかったのですね。残念ながら、以前から確認していた魔の森の異変は魔物の溢れの前兆であると判断されました。現状、各地で溢れ対策のための準備が進められています」

「あー、確定したのですか……。ちなみに、いつ頃溢れが発生するかということはわかっているのですか？」

　ティナさんの話しぶりで予想はついていたけれど、やはり魔物の溢れで確定らしい。それに関してはどうすることもできないので、気になったことを確認しておく。

「発生時期については、まだ正確な予想は立っていませんね。ただ、最新の情報だと溢れの中心だと予想される隣国との国境付近の森で魔物の増加が確認されたそうです。ですので、これから森の中で魔物の間引きを本格化させて一ヶ月、二ヶ月程度の猶予期間を確保して、できる限りの準備をしてから溢れの発生に備えることになると思います」

「つまり、予想だと二ヶ月後くらいですか？」

「まだ何とも言えません。噂だと前回の溢れよりも規模が大きくなりそうという話もありますし、こちらの思惑通りに進むかも不確かです。なので、順調にいけば二ヶ月後くらい、最悪の場合は一ヶ月かからない可能性もあります」

「……」

まさか、前回の溢れよりも規模が大きいとは。いや、以前のケルヴィンさんたちとの話でもそんな話は出ていた気がするけれど、いやな予想が当たってしまったね。

それにしても、溢れまで一、二ヶ月か。どういう風に対策すればいいんだろう？

「そういえば、溢れの中心が国境付近だという話ですけれど、どちら側なのですか？」

「ああ、それは西側の国境の方です。ですので、王国東部にあるラビウス侯爵領だと多少はマシになるかもしれません。まあ、そうは言っても魔物の溢れなので、どこまで期待できるかはわかりませんが。それに、魔物の規模がマシになったとしても、前回と違って十分な準備ができていないという問題があります。それを考えると、前回よりマシどころか、状況としては悪化しているという可能性すらありますね」

とりあえず、溢れの中心からは離れているようだけれど、思ったよりも物資の余裕がないのかもしれない。さっきの薬草が欲しいという言葉的に、予想以上に切迫していたりするのかな？

「薬草が必要だという話でしたが、前回の溢れから二十年は経っていますし、それなりに備蓄も回復してそうですがそんなに厳しい状況なのですか？　イマイチ感覚がわからないのですが」

「もちろん備蓄している物資がゼロなんていうことはないですし、ある程度の量はあります。ただ、これまでの周期的に、どうしても備蓄の確保が長期的なスパンで考えられていたので、前回の溢れのときに準備していた量と比較するとかなり心許ない状況なんです」

ああ、基本的に溢れは百年周期くらいだという話だったね。それを考えると、物資を補充するペースは数十年単位でゆっくりということにもなるか。

それに、大げさではなく国が亡ぶレベルの災害なわけだから出し惜しみなんかもしないだろうし、前回の物資の残りもかなり少なかったのかもしれない。一応、前回の溢れは規模が小さかったという話だけれど、それも終わってからわかったことだしね。

「まあ、そういうわけですので、フェリシアさんにはぜひとも薬草を売っていただきたいのですよ。今は国を挙げて薬草類をかき集めたい状況ですので、買い取り単価もアップしていますよ」

「ハハハ。買い取り単価アップですか、それはうれしいですね」

あー、ティナさんの目がマジだ。やはり薬草類、というかポーション類の備蓄がかなり少ないのかもしれない。あるいは、溢れの中心だという西部に取られているとか？

まあ、自分が住む周囲の安全のためにも、ギルドに薬草を卸すことに問題はないのだけれど、以前まで卸していた異常成長していた薬草はなくなってしまったんだよね。

一応、自分で新しく薬草を育て始めているとはいえ、魔道具の設定をそのままにしているから育成サイクルは三ヶ月くらいになっているはず。だから、新しく育て始めた薬草が採取できるのは三ヶ月後。

まあ、少し前に植えたから本当に三ヶ月かかるわけではないけれど、それでも確実に二ヶ月以上はかかってしまう。

「……これは、放置していた薬草畑の奥側に手を付けるしかない？」

「ん？　どうかしましたか？」

考え事をしながら無意識に小さくこぼした言葉がティナさんに聞こえてしまったらしく、問い返されてしまった。

ただまあ、薬草に関して売るつもりはあるのだから、そのまま伝えてしまおう。

「あぁいえ、実はこれまで売りに来ていた薬草がなくなりそうだったので、新しく薬草を育て始めることにしたんです。で、その収穫が三ヶ月くらいはかかるのでどうしようかな、と」

「えっ!?　じゃあ、もしかして薬草を売ってもらうのは難しいのですか？」

「いえ、大丈夫です。なくなりそうなのは、以前刈り取った分だけですので。実は異常成長した薬草に関しては、まだ薬草畑の半分ほどしか手を付けられていなかったんです。なので、ちょうどいい機会ですし、残ったエリアを片付けてしまおうと思います」

「……以前も聞いた気がしますが、大丈夫なんですか？」

「大丈夫ですよ。ちょっと、オニキスが魔物化しただけですから」

「いや、それは大丈夫じゃないのでは？」

「アハハハ」

とりあえず、笑ってごまかしておいた。

第41話　魔物の溢れに向けて

最終的に屋敷の環境を心配されるという事態になりつつ、とりあえず可能な範囲で薬草を売りに来るということで話がついた。

ティナさんとしては、ギルド職員として薬草を確保したいという気持ちと、私を危険な時期に町と屋敷を往復させたくないという気持ちで複雑だったみたいだけれどね。なにせ、しきりに「無理はしなくていいから」と言われてしまったし。

まあ、私としても無理に溢れの発生間際まで薬草を売りに来ようとは思っていない。けれど、危険を避けるために溢れの終結まで屋敷に引きこもろうとした場合、情報が一切入ってこない状況で一人きりという事態になってしまう。さすがにそんな状況で一ヶ月、二ヶ月という期間を過ごすのは精神衛生上よろしくないと思うので、情報収集のついでに薬草を売りに来ようと思った次第だ。

まだ余裕のある今の時期だからこそ、発生時期やその終結時期がわからないのであって、溢れの発生間近になればそのあたりもある程度正確な予測が立っているはず。であれば、その予測に基づいて屋敷に引きこもるなり、町に避難するなりを決めればいいのだから。

「それにしても、いつの間にか魔物になっちゃってたんだね。古傷をかばうこともなくなって元気になったなーとは思っていたけれど、魔物になっているとは思わなかったよ」

屋敷への帰り道、のんびりとオニキスの背に揺られながら語り掛ける。

屋敷で容量のあるマジックバッグを見つけたこともあり、最初の頃のように帰り道になるとオニキスの背が荷物で満載になるということはなくなった。というか、マジックバッグがあるので実は私が走って町まで買い出しに行くなんてこともできるようになっていたりする。

まあ、そこは様式美というか周囲の目もあるしということで、これまで通りオニキスと一緒に買い出しに行くようにしているけれど。

「にしても、魔物の溢れが確定しちゃったんだって。そういえば、オニキスは魔物になって元気になったみたいだけれど、戦えたりするの？」

ふと気になってそんな風に問いかけてみると、オニキスはこちらに顔を向けて自信ありげにいなく。戦場で怪我をして引退したと聞いていたから戦うことを怖がったりするかもと思ったけれど、どうやら心配はいらないらしい。

「なるほど。じゃあ、いざというときはお願いね。まあ、そもそも魔物と戦うような羽目にはならないようにするつもりだけれど」

正直、まだ溢れが起きたらどうするかを決めることができていない。安全を考えればティナさんからも言われたように町に避難するべきだと思うけれど、将来のことを考えると屋敷に引きこもってやり過ごした方が良いのでは？　と思ったりもする。

まあ、屋敷に引きこもるという考えは単に意固地になっているだけな気もするので、実際には薬草を売りに来たときの状況などで判断するつもりではあるけれど。

「薬草も用意しないといけないし、しばらくは薬草の刈り取りにかかりきりになるのかなぁ。いや、いくら薬草畑が広いからって、そこまで時間はかからないか」

以前に刈り取ったエリアに関してはどれくらいかかったんだっけ？

途中で魔素異常が発覚したりしたからイマイチ正確な期間はわからないけれど、さすがに刈り取り自体に何週間もかかってはいないはず。そうなると、一気に刈り取って倉庫に積み上げるよりも、売りに行くたびに刈り取った方が良いのかな？

「そう考えると、思ったよりも時間的な余裕ができるのかな？　なら、ギルドに売りに行ける内はまだ森での狩りもやってみる？　それとも、さすがに安全のために入るのをやめるべき？」

まあ、安全を第一に考えるのであれば、森に入らないのが正解なんだよね。

ただ、昨日も狩りのために森に入ったけれど、異変のことを忘れるくらいには普段と変わらなかった。というよりも、まだ森の中で危険を感じたことがないので、イマイチ警戒心というものを持てていないというね。

さすがに、ギルドで魔の森の異変の話を聞いてすぐの頃は警戒していたけれど、それもすぐに薄れてしまったし。

「わかりやすい違和感とかがあれば、もう少し警戒心も出るんだけれど」

探索していた頃と違って森の奥に入らなくなったから、本当に魔物の痕跡すら見ることがない。なので、そんな状況では警戒心を持ちようがないというのが正直なところだ。

「まあ、溢れが迫ってくると、また森の様子も変わるのかな？　……それでも何の変化もなかったらどうしよう。屋敷の周辺にあるという結界が高性能であれば、そういう可能性もあったりするかもしれないし」

残念なことに、屋敷周辺の森に張られているという結界に関しては、屋敷で調べてみても何の情報も得られていない。少なくとも、確認した屋敷の図面や周辺の地図には結界の情報は書かれていなかった。

まあ、ぼんやりとした情報しかないから、調べようがなかったというのもある。それに、結界に関しては機密性のある情報だろうから、どこか奥深くに厳重に隠されているのかもしれない。

「というか、状況が変化するまでは薬草の準備をするくらいしかやることはなさそうだよね。溢れが確定したという話を聞いたときはどうしようかと思ったけれど、イマイチ実感がないせいか危機感が出ないよ。まあ、さすがに森に入るときはいつもより警戒するべきだと思うけれど」

我ながらこの結論はどうなのかと思うけれど、溢れの危機感を実感できていないので、なんというか他人事感が強い。ギルドで見たティナさんの真剣な態度を思えば、もっと危機感を持ってしかるべきだと思うのに。

まあ、これから溢れの発生が近づくにつれてもう少し実感できるようになると信じるしかないかな。

第42話　森の中の騒音

魔物の溢れの話を聞いてから一ヶ月経った。あれ以来、薬草を売りに行くたびに町全体の緊迫感が増しているという状況で、他人事という感覚だった私も多少は危機感というものを持つようになっていた。

そして今日、ついに溢れに関して状況が動いたらしい。

「フェリシアさん、いつもありがとうございます。ですが、薬草をお売りいただくのは溢れの状況が落ち着くまで停止していただいて構いません」

溢れの話が出て以降、個室での対応となった薬草買い取りの冒頭で真剣な表情のティナさんからそう告げられた。

「もしかして、とうとう溢れが始まるのですか？」

「はい、中心に近い西部で危険域に入ったという情報が入りました。西部では一週間もしないうちに、この辺りでもその二、三日後には溢れが始まるだろうとのことです。ですので、次回以降の薬草の買い取りは中止して、フェリシアさんも町に避難するようにしてください」

半ば確信を持って質問すると、ティナさんにあっさりと肯定された。

町やギルド内の緊迫感からそろそろかと予想はしていたけれど、実際にいざそうなると困るものがある。一応、危機感自体は出てきてはいるものの、だからといってその対応をどうすればいいのかというのが定まっていないのだから。

「やはり町に避難した方が良いですか？　相変わらず、屋敷の周辺は以前と変わりなく平穏そのものなのですが」

「そうですね、私としてはそうしてもらった方が良いとは思います。溢れが始まってしまうと、少なくとも数日は魔物の襲撃が断続的に続きますし、長ければ二週間近く森の中のお屋敷で孤立する可能性がありますから」

「あぁ、確かに孤立するのは厳しいですね」

一応、二週間程度であれば屋敷に引きこもることも可能だとは思う。けれど、さすがに情報が遮断された状態でそうなるのは厳しいものがあると思うし、最悪情報収集に出たタイミングで魔物の襲撃とかち合うなんていう事態になりかねない。それを考えると、素直に町に避難した方が良いのかもしれない。

「わかりました。一度屋敷に戻ったら、準備をして町に避難することにします」

「ええ、そうしてもらえると私としても安心できます」

少し考えて結論を出した私の答えに、ティナさんは心から安心したようだった。私の今までの行動はティナさんにかなり心配をかけていたのかもしれない。

「一応、森の箱罠(はこわな)は回収しておこうかな」

町から帰った翌日、思ったよりも準備することがないことに気づき、やり残したことがないかと考えて思いついたのがこれだった。

まあ、することがないのであればさっさと町に避難した方が良いのだろうけれど、思いついてしまったのだから仕方ない。染みついた貧乏性が放置という選択肢を選ばせてくれないのだから。

「まあ、普通に午前中には終わるしね」

そんな言い訳をしつつ、森へと回収に向かうことにした。


「よし、これで全部回収したね。後はこれを屋敷の解体小屋に片付ければ終わりかな」

屋敷の左右の森に分散して仕掛けていた箱罠の全てを回収し終えてつぶやく。

箱罠を回収するためだけに森に入ったので、予想よりもかなり早く作業が終わった。お昼を食べてから町に向かうつもりだったけれど、この分だと町についてから昼食をとることを考えても良いのかもしれない。

「ん？」

屋敷に戻った後のことを考えていると、森の奥から何かが争うような音が聞こえた気がした。時期が時期だけに、周囲を警戒しつつ耳を澄ます。

「……うん、気のせいじゃないいね」

気のせいであれば良かったのだけれど、大して時間を置くことなく再び森の奥から争うような音が聞こえてきた。

今度は何かが倒れるような音に加え、生き物が吠えるような音も追加されていたので、残念ながらこの騒音の原因が魔物である可能性がかなり高くなってしまった。

「さて、どうしようかな」

森の奥へと目を向け、どうするか考える。その間も争うような音は断続的に聞こえてきている。

「逃げるべき、なのでしょうけれどねぇ」

本格的な溢れの開始まではまだ猶予があるとはいえ、中心地で危険域に達したと伝えられている以上、魔の森の中の魔物の数は増えているはずで。であれば、すぐにこの場から避難するのが身を守るためには最善なのだと思う。

けれど、屋敷から町へと避難することを考えると、この騒音をもたらした元凶を確認しないままにするのもそれはそれで問題な気がする。仮にこれが魔物の襲撃によるものであるならば、町まで避難しようと街道に出たところで魔物とかち合うなんていう事態になりかねないのだから。

「……すぐに逃げられるようにして、確認だけしに行きましょうか」

そう結論を出し、身に着けた装備を確認する。

いざというときに魔法陣がすぐに使えるようになっていることを確認し、もう一度耳を澄ましてみる。

けれど、しばらく待っても騒音が聞こえてくることはなかった。そのことを不気味に思いつつ、覚悟を決めて森の奥へと向かうことにした。

第43話　騒音の正体

周囲を警戒しつつ、森の奥へと向かう。一度収まったかに思われた騒音も、移動を開始してしばらくすると再び聞こえるようになっていた。

「これって、どう考えても何かが争っている音だよね」

騒音の発生源へ向かいながら、次第にはっきりしてきた物音に警戒を強める。

おそらく、この騒音の原因は魔物なのだと思う。一応、野生の動物が争っているという可能性もないではないけれど、場所や時期を考えるとその可能性は低い。

「つまり、か弱い少女が魔物が争っているところに突撃するという状況になるのか……」

まあ、いくらなんでも馬鹿正直に騒動のど真ん中に突撃するつもりはない。けれど、こっそりと様子を窺うつもりでも、相手に見つかって騒動に巻き込まれる可能性はゼロではない。

「はぁ、マトモに魔物と遭遇した経験もないのになぁ」

遭遇どころか魔物を見た経験すらほとんどない。いやまあ、オニキスが魔物化したので見ていると言えば見ているけれど、それを除けば、領都にいた頃に見せてもらった檻の中のホーンラビットくらいしか見たことがないはず。

だというのに、いきなり魔物の争う現場に行かなくてはいけないのだから本当についていない。

さらにしばらく進んだところで、遠目に木が倒れる光景が見えた。特に大木というほどではないけれど、屋敷の周辺に生えているものよりは立派な木だ。それがあっさりと倒されるような現場に近寄らなければいけないという現実に、なけなしの勇気が消えてしまいそうになる。

音を立てないように気を付けながら、慎重に足を進める。木の幹に隠れたり、低木の陰に隠れたりしつつ距離を詰める。

「!?」

木の幹の陰からさらに一歩踏み出そうとしたところで、数メートル先に何かが飛んできたのが見えた。驚きに声を上げそうになるのを必死にこらえ、飛んできたものへと目を向ける。

「オオカミ……」

確認したモノの正体が口からこぼれる。

オオカミといっても、普通にイメージするような大きさではなく、明らかにおかしなサイズの個体だ。私の身長が小さいとはいえ、明らかに倍以上の体高はありそうなのだから、かなりのものだと思う。

隠れて観察していると、倒れていたオオカミが起き上がって戦闘態勢をとる。その視線の先には、オオカミよりも巨大な真っ黒なクマの姿があった。

クマは二足歩行でゆっくりとオオカミへと歩み寄り、十メートルほどの距離になったところで一度立ち止まった。そして、前傾姿勢を取るように前足を下ろし、そのまま四足に切り替えてオオカミへと勢いよく突っ込んだ。

それに対し、オオカミは素早く右側に身体をずらし、前足を使ってクマをいなす。

突進の勢いのまま体勢を崩したクマに対してオオカミが身体ごと噛みつきに行く。

クマもクマで素早く体勢を立て直してオオカミの牙を防ぎ、そのまま二頭が絡まり合うようになって転がっていった。

「……イヤイヤイヤ、ムリムリムリ」

その様子を見て、静かに、それでいて素早く距離を取る。

あれは無理だ。どう考えても無理。私ごときがどうこうできるレベルじゃない。

「えっ、というか、もしかして溢れが始まるとあのレベルの魔物が森から出てくるの？」

今までまともに危機感を抱いていなかったけれど、ここにきて一気に危機感が爆発する。危機感というよりも恐怖という方が正しい気がするけれど。

「!?」

軽くパニックになりそうになっていたけれど、奥から聞こえてきたひと際大きな戦闘音で意識が現実へと戻される。

慌ててはダメだ。そもそも、ここまで来た目的は騒動の原因をどうにかすることではなく、町まで避難する際の障害になるかどうかを確認に来ただけなのだから。

「とりあえず、アレ以外に魔物がいるかどうかの確認よね」

落ち着くためにも声に出してやることを確認する。

聞こえてくる音から考えて、他に争いが起きているということはなさそうではあるけれど、だからといって他に魔物がいないとも限らない。ひとまずは、あの二頭を警戒しつつ周囲の状況を詳しく確認することにしよう。


周囲を確認した結果、他に襲ってきそうな魔物の気配はなかった。けれど、魔物自体は確認することができた。

二頭の戦闘による破壊の痕跡が特定の場所を中心に広がっていることに気づいて確認してみると、その中心にオオカミの子供であろう仔オオカミがいたのだ。

状況から考えて、森の奥からやってきたクマが仔オオカミを狙おうとしてオオカミと争いになったのだろう。

「騒動の原因らしきものはわかったものの、どうしようか。とりあえず、危険なのはあの二頭だけみたいだから、町に避難するくらいならどうにかなりそうな気はするけれど」

ただ、その場合は急いで行動に移さないといけない気がする。決着がついてからだと、町まで勝った方の魔物を引き連れていってしまう可能性があるし。

「あっ」

そんなことを考えて様子を窺っていると、仔オオカミを狙うそぶりを見せたクマのフェイントに引っかかったオオカミが大きく吹き飛ばされてしまった。既に倒れている木を巻き込みながらオオカミが地面を転がっていく。大きな木の幹にぶつかって止まったけれど、起き上がったオオカミには明らかなダメージが見て取れる。

「……」

間にクマを挟むような形でオオカミと目が合う。クマからは十分な距離を取っているはずだし、そこから吹き飛ばされたオオカミに至ってはかなりの距離になるはずなのに。

目が合っていた時間は一瞬だったけれど、その目に敵意はなかったと思う。周囲に対して殺意や敵意を振りまいているクマとは比較にならないくらい理性的な目をしていた。

第44話 森の中での戦い

起き上がったオオカミを煽るように仔オオカミへと向かっていくクマ。それを見たオオカミがすぐに駆け出して飛びかかる。

けれど、完全に行動が読まれていたオオカミの攻撃はあっさりといなされ、逆にクマのカウンターを喰らってしまう。

その後も仔オオカミへと向かうクマとそれを阻止しようとするオオカミという構図が繰り返された。オオカミの弱点を理解したクマによって、その流れが作り上げられてしまったらしい。

二頭は、仔オオカミを狙うように近づいたり遠ざけられたりしつつ、周囲に更なる破壊をもたらしながら激しくやり合い続ける。

戦いはゆっくりと、けれど確実にクマ優位な戦況へと変化していった。

まだ完全にクマ優勢となったわけではないけれど、時が経つにつれて明らかにオオカミのダメージが増えてしまっている。オオカミも一方的にやられているわけではないけれど、クマに与えているダメージは自身が与えられているそれよりも明らかに少ない。

「……」

私はというと、その場を離れることもできずにその戦いを見守り続けている。

時おり、オオカミと目が合ったりもするけれど、加勢することもできず、かといってその場を離れることもできなかった。

けれど、そろそろ覚悟を決めなければいけないのかもしれない。お互いにやり合うような戦いが、今ではほとんどクマから仕掛けてそれをオオカミが防ぐという状況になってしまっているのだから。

「あっ」

オオカミがよろけたタイミングでクマの一撃が首筋にまともに入ってしまった。

ただでさえ体勢を崩しかけていたところにダメージが入ったことで、オオカミは完全に隙をさらして倒れてしまう。それを好機と見たクマが伸(の)しかかるようにして、一気に攻勢に入った。

身体全体で押さえつけるようにして、右、左と前足を使って殴りつける。オオカミも身をよじるようにしてかわそうとするが、押さえつけられた状態ではそれも上手(うま)くいかない。

クマの攻撃を必死に耐えるオオカミの姿を仔オオカミたちが不安げに見つめている。

その様子がクマにも見えたのか、口元をいやらしくゆがめた。直後、オオカミへの攻撃が見せつけるようにいたぶるものに変化した。

「ひどい……」

オオカミがクマに負けそうになっていること自体は自然の摂理として仕方ないのかもしれないけれど、明らかにいたぶるような今の状況は見るに堪えない。

「ダメっ」

オオカミがいたぶられている様子を見ていた仔オオカミの内の一頭が耐え切れずに飛び出してしまった。釣られたように残るもう一頭もその後を追う。

それを見たクマが、オオカミの頭に向かって思い切り前足を振り下ろした。

「うっ」

離れているはずのこの位置にまで殴られた音が届く。ここまで耐えていたオオカミも今の一撃は致命傷になったかもしれない。

　ぐったりとしたオオカミの姿を見た仔オオカミたちの足が速まる。

　それを迎え撃つようにクマが立ち上がった。

「――っ」

　それを見て、我慢できずに木の陰から飛び出してしまった。クマたちまでの距離はそれなりにあるけれど、戦闘によって周囲が破壊されたことで少し走れば開けた場所まで出ることができる。

　音を気にせず駆け出したことで気づかれたのか、クマが驚いたようにこちらを見る。散々オオカミと目が合っていたというのに、今まで気づかれていなかったのかと意外に思いつつ、足を進める。

　クマまでの距離はまだあるけれど、先に仔オオカミがクマの位置にまで到達してしまった。

　背を向けるクマに仔オオカミが飛びかかるけれど、クマにはダメージが入っていないのか、軽く振り払うようにするだけで弾き飛ばされてしまう。

　二頭目も遅れて飛びかかるけれど、今度は前足でまともに叩き返されてしまった。

「アイスアロー」

　たまらず、離れた位置から魔法を放つ。

　クマに向かって真っすぐに飛んでいくけれど、距離があったためか、あっさりと前足で払うようにして防がれてしまう。

　その様子を見ながらも、続けて二発、三発と魔法を放つ。

全て同じように防がれてしまったけれど、仔オオカミからは注意をそらすことができた。
まともに叩かれていた二頭目のことが心配だったけれど、起き上がってもう一頭に心配されている様子が見える。

「反射的に飛び出しちゃったけれど、どうしよう」

仔オオカミが無事なことに安堵しつつも、不安が口からこぼれる。

今の攻撃でクマには敵認定されただろうし、実際にこちらを睨み付けている姿からも穏当に逃げられるとは思えない。そうなると戦うしかないのだけれど、あのクマと戦って勝てるのだろうか？

一応、魔法陣はこまめに作成していたので結界と閃光の魔法陣を十枚ずつ持っている。けれど、万が一の逃走用に持っていたものなので、基本的には足止めくらいにしか使えないと思う。

まあ、閃光の魔法陣は隙を作るためにも使えるかもしれないけれど、隙を作ったとしてあのクマを倒せるだけの攻撃ができるのかという問題がある。

時間をかけても良いのであれば、最大限に魔力を練り上げて威力の高い魔法を使うというのも手ではあるけれど、目つぶしでそこまで大きな隙を見せてくれるかは微妙だと思う。

クマがこちらを警戒しながらゆっくりと近づいてくる。

まだある程度の距離はあるけれど、先ほどまでの戦闘を見ている限り、最悪一瞬で距離を詰められかねないので気を抜くことはできない。

身体強化魔法へ回す魔力を増やす。

普段以上に強化すると疲労が増してしまうけれど、一度でも攻撃を喰らってしまうと終わりなので、ここは念には念を入れる。

私がすべきことは何だろうか。

クマを倒すことができればそれが一番なのだけれど、そこまでの力はない。であれば、無事に逃げ切るということになるのだけれど、倒れたままのオオカミとそれに駆け寄る仔オオカミをどうするのかという問題が出てきてしまう。

そもそも、オオカミたちを見捨てるのであれば、すぐに屋敷へと戻って町に避難してしまえばよかったのだ。それをせず、あまつさえ仔オオカミを助けに入ったのだから、今さら見捨てるという選択はない。なので、私とオオカミたちの全員が無事に逃げることが必要になってしまう。

……明らかに瀕死(ひんし)そうなオオカミを連れて？

仔オオカミだけであれば、身体強化魔法のおかげで抱えて逃げることはできるかもしれない。でも、オオカミのあの巨体は無理だ。

オオカミ単体でも無理そうなのに、仔オオカミと一緒にというのはさすがに厳し過ぎる。そうすると、オオカミは諦めて仔オオカミだけを助けることにするのか。

それはイヤだ。

けれど、現実的なことを考えるのであれば、そういう決断も必要なのかもしれない。

第45話　決着

　ゆっくりと近づいてきていたクマが威嚇するように咆哮（ほうこう）を上げる。直後、足を速めて一気に距離を詰めてきた。

「止まって！」

　結界の魔法陣を持った左手を前に突き出して魔力を流す。

　すぐさま透明な結界が張られ、そこに突撃してきたクマが衝突した。

　結構な速度でクマの巨体がぶつかったことで大きな衝突音があたりに響く。

　けれど、意外なことに張られた結界はまだそこに残ったままだった。

「あれぐらいなら耐えられるんだね」

　魔法陣を起動後、すぐさま後ろへと飛び下がり、木の陰に隠れるように距離を取りながらそのことを確認して安堵する。とはいえ、残った結界は直後に加えられた前足の一振りで破壊されたので過信は禁物だろうけれど。

　立ち並ぶ木々を盾にしてクマから逃げる。木々のおかげでクマに距離を詰められることはないけれど、このまま逃げ続けても決め手に欠ける。

ボール系の魔法で倒せるのであれば、先ほど考えていた閃光の魔法陣を使って隙を作り出せればどうにかなるとは思う。けれど、オオカミとの戦いを見る限り、数十発は叩き込まないと倒せないくらいにはタフに見える。なので、目つぶしを起点にしてさらに動きを止めるための何かが必要になるはずだ。

「落とし穴の魔法陣も作っておけば良かったかな……」

魔法陣の改造が面倒だからと基本のまま使えるものしか用意しなかったことが悔やまれる。

一応、魔法は魔力とイメージ次第で発動させることができるから、自力で落とし穴の魔法を使うこともできなくはないかもしれない。けれど、さすがに命のかかった状況でぶっつけ本番というのはキツイ。

というか、あのクマ相手に有効な落とし穴のイメージを瞬時に固めるのは無理な気がする。おそらく、クマを前にしてまともに使える魔法は訓練していた魔法だけだと思う。それ以外の魔法は瞬時に発動できるほどのイメージが固まっていないから。

「やっぱり、魔法陣か訓練した魔法だけでどうにかするしかないのかな」

まともに動きを止めることができるとすれば、アイスボールによる氷漬けくらいだろうか。

初めて実験したときのように魔力を調節せずに放てば、あのクマといえど少しの時間くらいは氷漬けにすることができるかもしれない。それを重ねがけするように何十発も叩き込めば、あるいは倒すことができる、……かも。

こちらを追いかけることをやめて足を止めたクマに合わせて立ち止まる。

私に対する敵意自体は持ち続けているみたいだけれど、どうやらオオカミたちからあまり離れるつもりはないらしい。考えていなかったけれど、延々と追いかけてくるのであれば屋敷まで逃げてから敷地の結界を使って戦うこともできたのかもしれない。

まあ、クマが追いかけてこない以上、その作戦は使えないのだけれど。

こちらに背を向け、オオカミたちの方へと走り出したクマを追う。

オオカミに対してフェイントをかけていたのを見ているので、近づき過ぎないように気を付けて追いかける。

木々が倒されてできた開けた場所に出る直前、急停止して振り返ったクマがこちらに向かって足元にある倒木や石を掬い上げるように投げつけてきた。

「!?」

それを見て、すぐさま目の前にあった木の陰に入って身を守る。身を隠した木に色んなものがぶつかる音を聞きながら脅威をやり過ごす。

音がやんだタイミングで木の陰から向こうの様子を窺おうとすると、すぐそばにクマの姿があった。

「しまっ――」

こちらに向かって前足が振り上げられているのを確認すると同時に、握りしめていた結界の魔法陣を発動させて後ろへと転がるように回避行動をとる。

視界の隅で発動した結界がクマの一撃を受け止めたのを確認し、そのまま地面を転がるようにして距離を取る。立ち上がって駆け出すときに見えたのは、クマの二撃目が結界を破壊するところだった。

「森の奥の方に逃げれば良かった」

木の裏に回り込まれた影響で、木々のない開けた場所に逃げてしまった。

先ほどのように木々を盾にしたいところだけれど、クマがそれを阻止するように木々を縫うようにして追いかけてきている。

木々の方に逃げ込むと回り込まれてしまうだろうし、開けた方に逃げるとそれはそれでクマの方が足が速いので追いつかれてしまう気がする。かといって、いつまでもこの境界を逃げ続けてどちらに逃げ込むかの駆け引きを続けるわけにもいかない。どう考えてもクマよりも私の方が先に体力がなくなるのだから。


なんだかんだで、木々の中に逃げ込む逃げ込まないのフェイントだけで、ほぼ反対側まで来てしまった。このまま逃げ続けると、今度はオオカミたちがいる場所の近くを通ることになってしまう。

「!?」

そう思って、オオカミのいるところを確認すると倒れているオオカミと目が合った。

相変わらず力なく倒れているけれど、その目はとても力強い光をたたえていたように思う。まるで〝こちらに任せろ〟と訴えているかのように。

「っ」

自身の感じた感覚について一瞬だけ逡巡し、覚悟を決める。

先ほど見せたオオカミの目をクマが見ていたかどうかはわからない。けれど、いつまでもこの追いかけっこを続けるわけにはいかない以上、余裕のあるうちに決断すべきだ。

逃走ルートを木々の境界線上からオオカミたちのいる方向へと変える。

直後、クマも同じように木々の陰から飛び出してきた。

一瞬で追いつかれそうになるところを、用意していた結界の魔法陣で足止めしてかわし続ける。

一度、二度、三度と繰り返し、オオカミたちのそばを駆け抜けた瞬間、足を躓かせて倒れるように地面を転がる。

それを見たクマがオオカミたちを無視して私へと飛びかかってきた。

「合わせてっ！」

迫り来るクマの姿を見ながら、その奥にいるオオカミに向かって叫ぶ。

先ほど感じた感覚が勘違いだった場合、私も無事では済まないだろう。けれど、何故だか大丈夫だという確信を持って動くことができた。

ガンッという激しい音を立ててクマの一撃が目の前で止まる。

すぐさま二撃目が振るわれ、一枚目の結界が壊れた。

間に挟まる残りの結界越しにクマと目が合う。その目はオオカミとは違って濁った色をしていた。

「今よっ！」

オオカミたちから見てクマの陰になっているであろう位置から閃光の魔法陣を発動させる。

発動と同時にクマが悲鳴を上げた。

転がるようにしてクマから距離を取る。

立ち上がって身構えると、後ろから飛びかかったオオカミがクマの首筋へと噛みつくところだった。

首筋から激しく血をまき散らしながらクマがオオカミを振り払うように激しく暴れる。その余波で展開していた結界が壊れるのを見つつ、魔法を用意する。

「アイスランス」

オオカミが耐え切れずに振り払われたタイミングに合わせ、威力の高い魔法を撃ち込む。

一直線に飛んでいった氷の槍（やり）がクマの左肩に当たり、のけ反らせる。

それを確認することなく、続けて二発、三発と魔法を放つ。胸元に連続して直撃するも、クマはそれに耐え、こちらを睨み付けて咆哮を上げた。

前傾姿勢を取り、こちらに向かって飛びかかろうとした瞬間、横から影が飛び込んできた。

クマの首筋へとオオカミの前足による一撃が決まる。

先の噛みつきで深手を負っていたところへの一撃で、クマの首が半ば以上まで引き裂かれる。

さすがにその一撃がトドメになったのか、クマはオオカミを睨み付けるようにして倒れた。

第46話 戦いを終えて

「ふぅ」

地面に倒れたクマから完全に動きがなくなったのを見て息をつく。さすがに無茶をし過ぎた。

そんなことを考えていると、仔オオカミにまとわりつかれていたオオカミが倒れる姿が目に入った。

「ちょっ、大丈夫!?」

驚きの声を上げて、すぐにオオカミへと駆け寄る。

荒い息のオオカミを確認して、思っていたよりもギリギリだということに気づく。クマにトドメを刺すことができたのだから余裕があるものだと思っていたけれど、実際には最後の力を振り絞っただけだったらしい。

「どうしよう……」

仔オオカミたちは、オオカミに寄り添うようにしてその身体を舐めたりしているけれど、さすがにそれで回復するとは思えない。

ざっとオオカミの全身を確認してみる。

身体のいたるところに血がついているけれど、大きな傷は見当たらない。クマの攻撃が打撃主体だったからか、目に見えるダメージよりも内部の見えないダメージの方が大きいのかもしれない。

「持ってるポーションで治るかな?」

常備しているヒールポーションを取り出してつぶやく。

一応、いざというときのための中級ポーションがあるけれど、この状態のオオカミに対して有効かはわからない。買ったときに聞いた話では重傷程度は治せるという話だったはずだけれど。

「……試してみるしかないか」

ポーションを手にしたまま、頭の方へと移動する。

こちらの動きを追うように視線を動かしたオオカミと目が合ったときにポーションを見せてみたけれど、特に拒否するような意思は感じられなかった。なので、ポーションの効果を信じてオオカミに使うことにする。

オオカミの口を開け、その奥へと腕を突っ込んでポーションを流し込む。

患部に直接使用した方が効果的らしいけれど、一番ダメージがありそうな箇所がわからなかったので仕方ない。ポーションを飲んでもらって、内部から回復してもらうことにする。

「後は無事に効果が出るのを信じるしかないね」

オオカミがポーションを飲み込んだのを確認してつぶやく。

患部に直接使用した場合と違い、経口摂取した場合は効果が出るまで時間がかかるらしい。なので、しばらくは様子見ということになりそうだ。


「とりあえず、待っている間にこっちの片付けをしましょうか」

オオカミのそばを離れ、クマのもとへと向かう。

幸い、箱罠を回収するために容量が大きなマジックバッグを持ってきていたので、オオカミよりも大きなクマを収納して持ち帰ることができる。

まあ、回収できても、その後のギルドへの説明を考えると頭が痛いのだけれど。間違いなくティナさんには怒られるだろうなぁ。

ひとまず、未来で待っているかもしれないお説教のことは忘れ、目の前の現実への対処に移る。

「一応、改めて血抜きをしておきましょうか」

クマは首を引き裂くような形でトドメを刺されているので、首元から既に大量の血が流れ出ている。これだけでも十分な気はするけれど、念のために木に吊るしておくことにしよう。

「次はこの惨状だけれど、どうすればいいんだろう」

苦労しながらもロープを使ってクマを木に吊るし終え、周囲の惨状へと目を向ける。

オオカミとクマが暴れた影響で、結構な広さが木のない開けた広場のようになってしまっている。

まあ、木やら岩やらが散乱していたり、地面が凸凹だったりしているので使い勝手は悪そうだけれど。

「……これは無理ね」

近くに倒れていた木を確認してみるけれど、私が片付けるにはサイズが少し大き過ぎる。まあ、斧や魔法を使って切り分ければ二、三本くらいは処理できるかもしれないけれど、さすがに倒れている木の数が多過ぎる。そんな数を持ち帰るわけにもいかないし、諦めて自然に還ることを祈ろう。

「まあでも、一本くらいは持って帰ろうかな」

せっかく既に倒れている立派な木があるのだから、屋敷で使う分として一本くらいは確保しても良い気はする。というわけで、魔法を使って木材を確保することにした。

「どう考えても、周囲の確認が先だったよね……」

木の処理を終えたところで、周囲の確認をしていなかったことに気づいて確認に向かうことにした。で、周囲に魔物や危険な生き物がいないことを確認して戻ってきたのが今になる。

「どう？　少しは回復した？」

そんな風に声をかけながら近づくと、オオカミが顔を上げてこちらを見る。

先ほどよりも動きがスムーズになっている気がするし、ポーションが全くの無駄になったわけではなさそうだ。実際、近づいてみると、先ほどよりも呼吸が落ち着いたものになっていた。命が尽きる前の最後の輝きとかでない限り、ひとまず命の危険は去ったのではないだろうか。

「ただ、すぐに動ける状態ではなさそうね」

私が口にした言葉を聞いてオオカミが立ち上がろうとするけれど、明らかに足に力が入ってない。一瞬だけ身体が持ち上がりそうになったけれど、すぐに地面へと倒れ込んでしまった。

「うーん、どうしよっか。……というか、なんとなくオオカミたちを連れ帰る気になっていたけれど、もしかして私が気にする問題ではなかったりする？」

そうつぶやき、オオカミたちに目を向ける。

「いや、でもこの状態で放置するわけにもいかないか」

一瞬、野生で生きていたのだから放置でもという考えが浮かんだけれど、さすがのオオカミもこの状態では身を守ることが厳しい気がする。であれば、助けるために介入した以上、まともに動けるようになるまでは面倒を見るべきだろう。

「さすがに、背負って連れ帰るのは厳しいよねぇ。そうなるとゆっくりとでもいいから歩けるようにはなってほしいのだけれど」

でも、ポーションを飲んだ結果が今の状態なわけで。ポーションの過剰摂取は良くないらしいし、これ以上に回復させるには魔法でどうにかするしかないのかなぁ。

「でも、他の人にかける治癒魔法はまだ練習中なんだよね」

自分自身に使う治癒魔法であれば一応使えるようにはなっている。というか、身体強化の魔法のイメージを治癒のイメージに変えたらできた。

まあ、だったらという感じでオニキスに試したら、魔法が発動せずに弾かれてしまったのだけれど。治癒魔法に限らないけれど、他者に作用させる魔法というのは発動の難易度が跳ね上がるらしいんだよね。

「一応、この辺りも魔力量でゴリ押しできないわけではないらしいけれど……」

ただ、明らかにオオカミの方が格上に見えるので、魔力でゴリ押しというのも難しそうではある。

「……弱っている今ならどうにかなる？」

地面に横たわるオオカミを見て、ふと思いつく。弱っている今なら弾かれないのではないかと。

第47話 オオカミの治療と従魔契約

「まあ、そんなに甘くないよね……」

治癒魔法を試してみたものの、見事に失敗に終わった。最近はオニキスに試して成功することもあったから、少しは期待していたのだけれど。

「さすがに、森の中で野宿するハメになるのは勘弁してほしいんだよね。だから、どうにかして屋敷まで連れていってあげたいのだけれど……」

そうは思っても、良い案が思いつかない。

周りに転がる木々を見て、ソリを作ればいいのではないかと思ったけれど、よくよく考えてみると、オオカミの巨体が通れるような道が森の中にあるわけではないので厳しそうだ。木々を避けるために遠回りすることも考えると、ハナからオオカミを背負っていった方がよさそうな気がする。

そもそも、ソリを使う場合は、まずソリを作るところから始めないといけないしね。

「こうなると、覚悟を決めてオオカミを背負っていくしかないのかなぁ。背負うことはできるだろうけれど、どう考えてもバランスが悪くて時間がかかりそうなのよね」

というか、改めて考えてみると、背負う場合もオオカミの下半身を引きずることになってしまう気がする。

「あれ？　もしかして、結局ソリ的なものは必要になる？」

いっそ、オニキスを呼んで台車でオオカミを運んでもらうべき？　いや、そもそも屋敷にオオカミを乗せられるような台車がないか。

「……あっ、もしかして、従魔契約を結べばこの子にも治癒魔法が効く可能性がある？」

オニキスで思い出したけれど、従魔契約を結ぶことで治癒魔法が効くようになるかもしれない。

根拠が、最近になってオニキスに対して治癒魔法が効くようになったことだけではあるけれど。

ただ、他者に作用させる魔法の難易度が高くなる理由が、魔力を相手に合わせて変質させる必要があることだから、可能性はそこそこありそうな気がする。正直、上手くいくかどうかは賭けになるけれど、可能性があるなら試してみてもいいかもしれない。

「私と従魔契約を交わすと治癒魔法が効くようになる可能性があるけれど、どうする？」

横たわるオオカミに対して問いかける。

まあ、私が試したいと思っていても、オオカミ側に拒否されたらどうしようもないからね。後、仮に契約を交わして治癒魔法が効かなかった場合、オオカミを背負って帰らないといけない上にギルドに報告する問題が増えてしまうけれど。

「……そう、受け入れてくれるのね」

オオカミが拒否するのであれば諦めようと思っていたけれど、こちらの目を真っすぐに見て頷いてくれたので覚悟を決める。

どうせ、この時期に魔の森に入って魔物同士の戦いに介入したことで怒られるのだから、ちょっとした問題が一つ増えるくらいはどうということはないだろう。若干、やけくそになっているような気もするけれど、気にしないことにする。

「私が魔力を流すから、それを受け入れてね。それが終わったら合図するから、今度はそちらから私に対して魔力を流して。流す魔力は私が流したのと同じくらいでお願い」

オオカミの目を見て手順を説明する。

オニキスと従魔契約を交わしたときは、ギルドから支給された魔法陣で行った。けれど、今はそのときに利用した魔法陣はないので、魔法で従魔契約を交わす必要がある。

幸いなことに、オニキスと契約をした後に従魔契約の魔法について確認していたので契約するための手順は把握している。まあ、相手との意思疎通が難しい場合はここまで簡単な方法ではできないのだけれど。

「じゃあ、始めるね」

そう告げて、オオカミの身体に両手を添える。

一呼吸置き、目を瞑って意識を集中する。

やることは難しくない。従魔契約でお互いのつながりを作るという意識を持って相手に魔力を流すだけだ。

今回は相手が既に同意しているし、面倒な条件付けなどもない。治癒魔法が効きやすくなるように魔力のつながりを作ることを目的に契約するだけなのだから。

ゆっくりとオオカミへと魔力を流し始める。

一瞬の抵抗の後、魔力がスムーズに流れるようになった。無事にオオカミが魔力を受け入れてくれたことに安堵しつつ、魔力を流し続ける。

しばらく魔力を流し続けていると、オオカミの魔力とつながった感覚を得ることができた。

これでこちらからのアプローチは成功だ。後はオオカミからの魔力を受け入れれば契約が完了する。

「こちらから魔力を流すのは終わったわ。次は貴女(あなた)からお願い」

オオカミから手を離し、魔力を流しやすいように両手を差し出して告げる。すると、オオカミが前足を両手に乗せ、そこから魔力を流し込んできた。

注文通りにこちらが流し込んだものと同じくらいの魔力量であったことに安堵して、流し込まれてくる魔力を受け入れる。

オオカミからの魔力を私自身の魔力と結びつけるように導いていき、ほどなくしてオオカミとの魔力的なつながりが確立したことを認識した。

「成功したわ。もう魔力を止めて大丈夫よ」

私の言葉を聞き、オオカミが魔力を流すのをやめて前足を下ろす。

うん、オオカミに触れていなくてもオオカミの魔力を感じることができる。問題なく従魔契約が成功したみたいだ。

「従魔契約ができたみたいだから、本番の治癒魔法に移ろうと思うのだけれど、何か異常とかは感じない？」

見たところ特に異常はなさそうだけれど、念のためにオオカミに確認しておく。

「そう、じゃあ試してみるね」

オオカミから問題ないとの回答を得て、治癒魔法の行使へと移る。

オオカミに両手を当て、魔力を練り上げる。

体内に感じるオオカミの魔力に合わせて魔力を変質させ、オオカミへと流し込んでいく。そして、その魔力をゆっくりとオオカミの身体全体へと行き渡らせる。

先ほど治癒魔法を試したときは、この段階で魔力が弾かれて失敗してしまった。けれど、今回は不安定さを感じつつも弾かれることなく魔力が流れている。

このまま行けば成功するかもしれない。そんな期待をしつつ、失敗しないように慎重に魔力操作を続ける。

しばらくして、オオカミの身体全体へと魔力を行き渡らせることができた。

けれど、オニキスの何倍もの大きさなので時間がかかってしまった。そのせいで揺らぐ魔力に不安を覚えつつも、治癒魔法を実行するためのイメージを固めていく。

今のオオカミに必要なのは、全体的な肉体の回復だろうか。そんなイメージとともに発動の魔力を流し、魔法を発動させた。

「ヒール！」

瞬間、体内で練り上げていた魔力が一気に持っていかれる。どうやらイメージに対して魔力が不十分だったらしい。けれど、ただ魔力が霧散したわけではなく、魔法として発現した感覚があった。

「どう？　少しは回復した？」

集中するために閉じていた目を開いてオオカミに確認する。外見からは変化が見られないので、オオカミの反応待ちだ。

オオカミがポーションで回復した後と同じように足に力を込めて立ち上がる。

「おぉっ」

一瞬ふらついたものの、今度は倒れ込むことなく四本の足でしっかりと立っている。どうやら治癒魔法が成功したようだ。

第48話　長かった一日の終わり

どうにかオオカミが動けるようになり、無事に屋敷へと帰ることができた。

オオカミがまだ本調子ではなかったので帰るのに時間がかかってしまったけれど、夜になる前に屋敷にたどり着けたので良しとしよう。いくら浅いところだとはいえ、森の中を夜に歩きたいとは思わないからね。

屋敷に着いてからも、心配して出迎えてくれたオニキスをなだめたり、寝落ちしていた仔オオカミが屋敷の敷地内にあった色々を見てはしゃいだりとなかなかに大変だった。

幸い、オニキスがオオカミたちを拒否することなく受け入れてくれたから良かったものの、ここでもひと悶着(もんちゃく)起きていたら日が変わる前に休むことはできなかったかもしれない。まあ、そうはならなかったので、今はオニキスのいる厩舎(きゅうしゃ)でオオカミたちもゆっくりしているはずだけれど。

「さて、どうしようかな」

オオカミたちのことはひとまずどうにかなったとはいえ、問題が片付いたわけではない。

オオカミと従魔契約を交わしたことはもちろんのこと、やや奥まった場所とはいえ比較的屋敷に近い場所に凶暴なクマが出たという問題もある。特にクマの問題に関しては、町に避難する際に別の魔物が出てきて襲われるかもしれないという、割と深刻な問題をはらんでいたりするし。

「まあ、それでも一度町に行ってギルドへ報告する必要はあるのよね」

襲われるかもしれないと考えながら報告に向かうというのもアレな気がするけれど、予定では今日のうちに町に避難するはずだったのだから何らかの連絡は必要になると思う。

明確に今日だと伝えていたわけではないけれど、ティナさんには今日あたりに町に避難すると言っていたわけなのだから。

「そうなると、問題になるのはオオカミたちのことかな」

おそらく仔オオカミたちだけであれば町まで連れていっても問題なかったとは思う。けれど、親のオオカミの方はさすがに町に入れるのは厳しいのではないだろうか。

冒険者の中にはあれくらいの従魔を連れている人も探せばいるだろうけれど、さすがに私が契約者ではあまり信用されないだろうし。

「……はぁ、考えてもわからないし、諦めてティナさんに相談することにしましょう」

問題をティナさんに丸投げすることに決め、色々あった疲れもあってすぐに眠ることにした。

第49話　ギルドでの相談

「こんな魔物相手に飛び出すなんて、何を考えているんですかっ！　下手(へた)したらフェリシアさんも無事では済まなかったのですよ！」

翌日、ティナさんに相談するべくギルドへと向かい、簡単に事情を説明してクマの魔物を見せるとそんな叱責を受けた。

いやまあ、ティナさんの気持ちもわからなくはない。私だって改めて見たクマの魔物の大きさにコイツバカなんじゃないのと思っているのだから。

ホント、勢いというか状況に流されるのって怖いね。

「ハハハ、……ゴメンナサイ」

「……はぁ、もういいです。こうしてフェリシアさんが無事だったのですから。ただ、今後はこのような無茶をしないようにしてください！」

微妙な謝罪の言葉とともに頭を下げる私に、ティナさんは諦めたらしい。最後にもう一度だけ釘(くぎ)をさして、話を進めてくれる。

「それで、この魔物は買い取りで構いませんか？　今だと平時よりも安い買い取り額となってしまいますが」

「魔物の値段が下がっているのですか？　いや、溢れで魔物の数が多くなっているのはなんとなく理解できますが、それだと冒険者の人たちのやる気が下がるのではないですか？」

ティナさんの言葉に疑問を返す。

冒険者のほとんどはお金のために魔物を倒しているはずだ。溢れが目前ということで多少は町だとか自分たちの住む場所を守るためにという思いはあるだろうけれど、なんとなく自分たちの命やお金を優先するイメージがある。それなのに魔物の買い取り金額を下げるというのは、魔物の間引きに影響が出ないのだろうか。

「ああ、それに関しては間引きで狩ってきた魔物の数に応じて報酬を加算する形になっています。一時的に買い取り金額を魔物の強さや戦いやすさに応じたものにすることで、少しでも魔物の数を減らすことができるようにという試みですね。ですので、フェリシアさんが持ってきてくれたこのクマの魔物も、平常時であれば毛皮や肝などの素材で買い取り金額が高くなるのですが、今だとその素材としての価値をほとんど考慮されない金額になってしまいます」

なるほど、目的が魔物の間引きなのだから、売れる売れないの基準で選り好みされても困るということか。私にとってはマイナスになるみたいだけれど、これは仕方ないかな。

「わかりました。このサイズの魔物を保管しておく場所もないですし、買い取りでお願いします」

買い取りの手続きを終えたところで個室へと移動し、本題の相談に入る。オオカミをどうするかという話と私の避難をどうするかという話だ。

「私としては、その契約したというオオカミは屋敷に置いて町に避難してほしいですね」

「でも、クマとの戦闘で瀕死になって、まだ回復しきっていないのですよ？」

「フェリシアさんの心配もわかりますが、魔物は丈夫です。それもあのクマを倒すような魔物であれば、ちょっとやそっとのことではどうにかなったりしません。既にある程度は回復しているのでしょう？」

「それはそうですが……」

ティナさんの説得に言葉が詰まる。

まだ本調子ではない様子だったけれど、確かに今のオオカミが放置されただけでどうこうなるとは思えない。まあ、食べるものくらいは用意してあげた方が良いのかもしれないけれど、それについても屋敷の周辺で狩りをするくらいであれば今の状態でもできそうな気はする。

「まあ、どうしても心配というのであれば屋敷に籠もっているという手段もないではないですが」

「本当ですか!?」

仕方なくという感じで口にしたティナさんの言葉に勢いよく反応する。正直、何がなんでも町に避難しろと言われるかと思っていたので意外だ。

「ええ。これは私のミスなのですが、先ほどのクマの魔物を周囲の冒険者たちに見られたのが良くありませんでした。普段であればそこまで気にする必要はないのですが、溢れの対応のために今は色んな冒険者が集まっていますからね。あのレベルの魔物を狩ることができる魔物と契約したフェリシアさんが狙われるという可能性を否定できません」

「あのクマってそんなに強い魔物だったのですか？」

「かなり強い魔物ですね。正直、溢れが近いからといって浅い場所に出るような魔物ではないはずなのですが……。そういう意味では、近くにそんな魔物が出たという屋敷も安全かどうかは保証できないのですが、これに関しては結界があるという屋敷と良からぬことを考える冒険者の悪意のどちらを危険と判断するかという話になりそうです」

あぁ、人の悪意か。それは怖いね。

幸い、私自身はそういう悪意にさらされたことはないけれど、お母様から色々と聞いたことがある。それに、前世を思い出せば、命の危険こそなかったけれど大小様々な悪意を受けた経験はある。

……悪意を受けたことがないと思ったけれど、よくよく考えてみるとラビウス侯爵家から放り出された今の状況は現在進行形で悪意を受けているのではないだろうか。そう考えると、あまり目立つような行動は避けるべきな気がする。

「えーっと、屋敷で籠もる方を選びたいのですが、その場合、溢れの終結とかはどうやって判断すればいいですか？」

町への避難を回避する方向に意思を傾けつつ、懸念事項の確認をする。

以前も屋敷で孤立する心配から町への避難を決めたはずだし、そこの問題はクリアしておきたい。

「そうですね、フェリシアさんが屋敷に籠もって溢れをやり過ごすというのであれば、終結後に連絡を入れてお知らせします。ただ、終結直後は色々と忙しくなることが予想されますので、個別に依頼を出してもらった方が早く終結を知ることができるとは思いますが」

「なるほど、依頼を出しておけばいいのですね。では、溢れ終結後に終結を知らせてくれるように依頼を出しておいてもらえますか？」

「わかりました。私が不安を煽っておいてなんですが、町に避難した場合も何事もない可能性の方が高いですよ？　ギルドの人間や冒険者は溢れの対応に駆り出されますが、町の人たちの目はあるわけですから」

不安そうなティナさんが念押しのように確認してくる。

その気持ちもわからないではないけれど、ラビウス侯爵家のことが思い浮かんだ以上、町に避難するという案は採用しにくい。あの屋敷で生活を始めた当初の方針にも反してしまうし。

「いえ、オニキスもいますし、あの屋敷で頑張ってみます」

なので、屋敷で引きこもる方針を押し通すことにした。

閑話　辺境の町の溢(あふ)れ対策

　フェリシアがティナから町への避難を勧められる数日前、辺境の町の冒険者ギルドの会議室にこの町に滞在する主要な冒険者たちが集められていた。

　その会議室の扉が開き、室内にいた者たちの視線が一斉にそちらへと向けられる。そんな風に室内の視線を集める中、ギルドマスターであるモーリスが二人の男を引き連れて室内に入ってきた。

「待たせたな」

　部屋の中ほどまで進んだところでモーリスが立ち止まり、室内で待っていた者たちへと向き直って口を開く。そして、ゆっくりと室内を見回し、欠席者がいないことを確認して続ける。

「溢れへの備えで忙しいところすまない。既に察しているかもしれないが、今回集まってもらったのは、来(きた)るべき溢れへの対策を話し合うためだ」

　そこで一度話を切って、モーリスが隣へと視線を向ける。視線の先にはモーリスとともに部屋に入ってきた二人の男の姿があった。

「紹介しておこう。この二人はラビウス侯爵家からの援軍だ」

　そんな紹介を受け、男の一人が一歩前に出てから口を開く。

「私はラビウス侯爵領軍で中隊長を務めているニコラスだ。今回の溢れに対応するために派遣された部隊の指揮を任されている。諸君らはこの町の主力となる冒険者だと聞いている。ぜひともこの町を守るため、ひいてはラビウス侯爵領を守るために、どうか力を貸してもらいたい」

そう告げて、室内にいる冒険者たちを見定めるような、挑発するような厳しい視線を飛ばす。そうしてゆっくりと冒険者たち全ての反応を確認してから元の位置へと下がった。

ニコラスの視線を受けた冒険者たちの反応は二つに分かれた。反発するように睨み返す者と特に気にすることなく受け流す者の二つに。ただ、両者ともに当初の軽い態度から真剣に話を聞いてやろうという態度へと変わっている。

「まあ、冒険者側の紹介は必要に応じて適宜行えばいいだろう。時間ももったいないし、さっそく溢れに対する話し合いを始めるぞ」

場の空気が一気に引き締まったことを感じ取り、その機を逃さないようにと、モーリスが無駄な前置きを挟まずに本題となる溢れ対策に関する話し合いをスタートさせた。

冒険者側が真剣に聞く態度を取っていたこともあり、話し合いは想定よりもスムーズに進行していった。

援軍としてやってきた領軍戦力の説明から始まり、溢れの中心と考えられている王国西部の状況、そして、その情報をもとにした具体的な溢れ対策へと進められていく。

溢れ対策の話し合いでは、溢れで侵攻してくる魔物たちをどういう形で迎え撃つのか、そして領軍と冒険者それぞれの役割分担をどうするのか、そのあたりの確認が重点的に話し合われた。

「——では、以上で解散とする。各自、先ほどの流れを念頭に置いたうえで、溢れ本番に向けて備えておいてくれ」

どうにか予定時間内に溢れ対策に関する話し合いを終え、モーリスがそんな風に締めくくる。そして、冒険者たちを室内に残し、ニコラスたちとともに部屋から退室していった。

それを見送り、しばらくは室内に残って近くの者たちで話をしていた冒険者たちも少しずつ退室していく。結果、室内に残った冒険者は二人だけになっていた。

「それで、どうするつもり？」

「どうもこうもないだろ。溢れに対応する最大戦力として指名された以上、俺たちはただその役目を全(まっと)うするだけだ。まあ、領軍から余程の戦力が派遣されてこない限りはそうなるだろうと思っていたしな」

室内に残った冒険者の一人——リリーが、もう一人の冒険者——ケルヴィンへと声をかける。

ケルヴィンの言葉通り、今回の話し合いで最大の敵となる深層奥の魔物の相手をケルヴィンたちのパーティーが引き受けることに決まっていた。まあ、この町にいる冒険者で深層奥の魔物を相手取ることができる者など他にいないので至極妥当な結論ではある。

「そうね。あの子がいるから多少は侯爵家からの援軍にも期待していたけれど、無理だったみたいだしね」

「まあ、嬢ちゃんも侯爵家からは縁を切られたと言っていたし、しょうがないんだろうよ。それに、一応は溢れにもちゃんと対処できる程度には人員や物資を寄越していたしな」

「その中のポーションに関しては、あの子が用意した薬草を利用したものみたいだけどね。ただまあ、さっきの中隊長様は無能というわけでもなさそうだったからどうにかなるのかしらね」

「なんにしても、やるしかないだろ。まあ、本気で無理そうなら適当なところで引くことになるだろうがな」

そう言って、ケルヴィンが話を切り上げようとしたところで部屋のドアが開いた。

「あれっ、ケルヴィンさんたちはまだ残っていたんですね」

そんな言葉とともに部屋に入ってきたのは普段は受付を担当しているティナだった。どうやら、この部屋の片付けをするためにやってきたらしい。

「あら、悪いわね。こっちも話は終わったし、私たちもすぐに帰るわ」

「あっ、いえ、別に邪魔だったというわけでは……」

「いや、気にするな。本当にこっちも話が終わったところだ。まあ、そもそも他の奴らと時間をずらすために残っていただけで、大した話をしていたわけでもないけどな」

そう言って二人が席から立ち上がり、部屋から出ようとしたところでティナが声をかける。

「すみません、話し合いはどうなったんでしょうか？　おそらく御二人がいる火竜の狩人（かりゅうど）が中心になるのだと思いますが」

「うん？　まあ、そうだな。お前さんの予想通り、俺たちのパーティーが深層奥の魔物の相手をすることになりそうだ」

「そうね。で、それまでの作戦に関しては領軍を中心にして簡易陣地を用意して、そこを基点に魔物の侵攻を防ぎながら深層奥の魔物が出てくるのを待つという形になるわ」

「町まで引きつけるわけではないんですね」

「さすがにこの町の外壁じゃ、溢れでやってくる魔物たちを防ぎきれないからな。それに、こっちは数が少ないから町に籠もったところで十分な防衛はできない。だから、魔の森とこの町の間にいくつかの簡易陣地をしいて、やってきた魔物を削りつつ徐々に防衛ラインを下げていく予定だ。理想を言えば、最終ラインとなるこの町まで下がることなく終わらせたいんだが、これればかりは攻めてくる魔物の数と質次第だな」

「一応、溢れの中心地からは遠いし、そこまでひどいことにはならないという予想ではあるけどね。実際、今行っている間引きでも十分に余裕があるみたいだし」

「そうですか。……ところで、フェリシアさんに関する話は出ましたか？」

「「……」」

ティナの言葉を受けて、ケルヴィンとリリーが押し黙る。二人の反応からわかるように、先ほどの話し合いの中でフェリシアに対する言及は一切なかった。

そのことを察したのか、ティナが諦めたように首を振る。

「……何も言われなかったんですね。もしかしたら溢れから守るために護衛でも派遣してくるかと思っていたのですが」

「まあ、あの屋敷に張られた結界があればどうにかなるだろ。さすがに深層奥の魔物相手だとどうなるかわからんが、それ以外の魔物相手なら問題なくしのぐことができるはずだしな」

「ケルヴィンの言う通りね。下手(へた)に中途半端な護衛を寄越されるよりは、あの屋敷の結界の方が頼りになるでしょうし」

「そこまですごいものだったんですね、あの屋敷の結界というのは。噂(うわさ)で聞いたことはありましたが、そこまですごいものだとは知りませんでした。……フェリシアさんには町への避難を勧めていたのですが、もしかして屋敷に籠もっていてもらった方が安全なのでしょうか？」

ケルヴィンたちの返答を聞き、ティナがこれまでのフェリシアに対する助言を思い出して不安そうにこぼす。町に住んでいるティナとしては魔の森の中にある屋敷に籠もって溢れをやり過ごすなど狂気の沙汰でしかないのだが、今の話を聞いてしまうとその価値観が揺らいでしまう。

「それは一概には言えないわね。確かに今言ったように、魔物からの攻撃を防ぐという意味では屋敷の結界は十分な効果を発揮すると思うわ。けれど、もし屋敷の周りを魔物に囲まれた状態で過ごすことになったときに、中にいる彼女がどう感じるかまでは保証できないから」

「まあ、周囲を魔物に囲まれた状態で一人で過ごす状況なんざ悪夢でしかないわな。それがたとえ数日のことであれ、嬢ちゃんにしてみればトラウマものだろ。というより、嬢ちゃんが魔物に慣れていないのであれば、普通にパニックを起こして逆に危険になる可能性もあるな。単にビビって屋敷に引きこもるだけなら問題ないが、下手に外に逃げようとすればそれこそ終わりだろう」

「……つまり、どうすればいいんでしょうか？」

「それはもう彼女次第なんじゃない？　町に避難してくれれば魔物からの危険はなくなるけど、それ以外の危険は出るでしょうし、屋敷に籠もるのであれば、魔物の脅威を含めた周囲の環境に対する危険があるでしょうからね。その二つの違いをきちんと説明して彼女に判断してもらうしかないと思うわ」

「まあ、あの屋敷の周囲の森には魔物除けの結界か何かがあるみたいだから、魔物に囲まれるような状況が起きるかもわからないけどな。ただ、溢れのときの魔物相手にも有効かはわからんし、そうなったときの想定も必要だろうな。一応、溢れの対応時に魔物を引き付ける香を焚く予定ではあるが、どれぐらい有効かはわからん」

「結局、どちらが良いかはわからないんですね」

「まあ、どちらを選んだとしても、俺たち冒険者や領軍の連中が溢れに対応できなければ一緒だ。

今のところ、特に問題なく溢れには対応できるはずだし、好きに選べばいいと思うがな」

最終的にそんな風にケルヴィンがまとめてしまう。

結果、どちらでも構わないのであればと、ティナがフェリシアに対して町への避難を勧めることになり、一旦はフェリシアもそれを了承することになる。

もっとも、その翌日にフェリシアが森の中でクマの魔物を相手に大立ち回りを繰り広げ、最終的に森の中の屋敷に引きこもることになってしまうのだが。

第五章　隠されていたもの

第50話　平穏な日々からの悩み事

ギルドでティナさんに相談してから数日。屋敷での引きこもり生活を始めたものの、今のところは魔物の溢(あふ)れの影響を受けることなく平和な時間を過ごせている。

屋敷で保護することになったオオカミも怪我(けが)のダメージからは回復したし、仔(こ)オオカミたちに至っては毎日元気に走り回って私やオニキスにじゃれついてきたりするくらいだ。

そんな平和な日々を過ごしていたわけだけれど、残念ながらちょっとした悩み事が発生してしまった。

回復したオオカミが森の中で狩りをしたいという意思を伝えてきたのだ。というか、何なら既に屋敷の近くの森には確認のために入っているという状況らしい。

「えーっと、森の中には深層だったり、そのさらに奥の魔物たちがやってきているから、溢れが終わるまで待てない？　一応、屋敷に引きこもるためにお肉だったりの食べ物は町で買い込んできているし」

そんな風になだめてみるものの、オオカミの意志は固いようで狩りを諦めてくれそうにはない。

まあ、仔オオカミたちはともかく、オオカミにとってはこの屋敷の敷地は狭いみたいなので、運動不足だったりという問題があるのは理解できる。でもだからといって溢れが始まっている状態の魔の森に入るのをただ見送るだけというのも気分的に難しいのだけれど。

「いや、私がついてくる必要はないと言われても……」

正直、前回のクマの魔物との戦闘を考えると、あのレベルやそれ以上の相手と戦う可能性がある今の森の中には入りたくない。なので、付き添い不要という提案はありがたいと言えばありがたい。

ただ、そもそも私自身は元から森に入るつもりがなかったので、あまり状況としては変わっていないというのが問題だったりするけれど。

「私が森に入る入らないじゃなくて、今の状況で森に入ろうとしている貴女(あなた)のことを心配しているわけで……。いや、仔オオカミたちは置いていくから大丈夫って、別にそこだけが問題というわけじゃないのだけれど」

まあ、確かに仔オオカミたちがいなければ、前回のクマの魔物相手にも優位に戦えそうではあった。とはいえ、それを考慮したとしても怪我のダメージから回復してすぐの状態で問題ないかというと、それはそれで違う気がする。

ただ、残念なことにオオカミの意志は固いらしく、先ほどから大丈夫だから気にするなという思いが立て続けに伝えられてきている。こちらが駄々をこねているように捉えられているのか、なだめるような調子なのが納得いかないけれど。

「……わかったわ。正直、これからもまだ一週間くらいは屋敷に籠もることになるだろうから、森の中に入ることを止めるのは諦めます。でも、前回のクマの魔物と戦ったときみたいなことになったら心配だから、森に入るのは少しだけ待って。屋敷に何か使えそうなものがないか探してみるから」

結局、最終的に私の方が折れることになり、そういう提案をすることになってしまった。

一応、オオカミとは従魔契約を交わしているけれど、残念ながら一時的に保護しているだけの関係でしかない。なので、正直なところ、回復した今の状態であれば、このまま屋敷から出ていかれても止める術がない。

もちろん、感情的には今の危険な森に帰ることを許したくはない。けれど、今の中途半端な関係性で強引にこの屋敷に押しとどめるのも、それはそれで違うと思っている。

なので、結果として、森に入る前に身を守るための装備や魔道具を探す時間をもらうことで妥協する形になった。ティナさんとの約束もあるし、さすがに私が同行することはできないけれど、装備を整えてあげたり、屋敷に残る仔オオカミたちのお守りくらいはしてあげたいから。

というわけで、オオカミから森の中へと狩りに向かいたいという意思を伝えられた翌日、さっそく屋敷の地下室へと役立ちそうなものを捜索しにやってきた。

一応、オオカミからは一日くらいは待つという了解を得られているので、どうにか今日中に何かしらの役に立つアイテムを見つけたい。もし、何も見つからなかった場合、何の準備もない状態で森へと送り出すことになってしまい、仔オオカミたちと一緒に心配しながらオオカミの帰りを待つということになってしまうのだから。

「とはいえ、地下室にあるものについては、既に簡単な確認くらいはしているんだよね」

この屋敷で過ごすようになって、それなりに月日が経っている。なので、少しずつ進めていた屋敷の整理にも成果が出始めていて、色々と散らかっていた地下の実験室についても簡単に整理した状態になっている。

まあ、整理といいつつ、実験室を三つのエリアに分けただけだったりするけれどね。

作業用の机に実験器具などが置かれた作業エリア、本や書類などの資料がまとめられたエリア、そして魔道具を含むよくわからないものや使わないものをまとめた雑多なエリア。現状の実験室は、大雑把に、この三つのエリアに分けられている。

「とりあえず、今回は奥にある雑多なものをまとめたエリアが探索対象になるだろうね」

そうつぶやいて、実験室の奥にあるエリアへと歩みを進めていく。

簡単に整理したとはいえ、奥のエリアに関しては未だに物が雑多に積まれたような状態になっている。できれば、きちんと棚などに整理しておきたいのだけれど、残念ながらまだそこまでは手が回っていない。というより、本や書類などの資料に場所を取られてしまったので、整理するための棚が残っていない。

「やっぱり、ここにあるものもきちんと整理したいよね。改めて見るとげんなりしてしまうし」

仕方ないこととはいえ、現状できているのは使うものと使わないものに仕分けたことだけ。なので、マジックバッグくらいわかりやすいもの以外は、基本的に目の前にある山の中に放り込まれてしまっている。

「……まあ、時間もないし、頑張りますか」

少しの間ためらっていたものの、ひとまず、そんな微妙な言葉とともに作業に取り掛かることを決めた。

しばらく作業を続けたものの、集中力が切れたところで一度休憩がてら昼食を食べに屋敷の一階へと戻る。そして、気分転換として軽く仔オオカミたちと戯れてから再び地下室へと戻ってきた。

ちなみに、午前の捜索は空振りに終わっている。結構な数を確認したものの、ほとんどが錬金術関連のものだったので。一応、将来的には使えるようになる日が来るかもしれないけれど、残念ながら今の状況では無用の長物でしかない。

「ただ、残っているものに関してはさらにカオスになっているのがね……」

午前中の作業に関しては、比較的わかりやすいものから確認を進めていた。で、それらを一通り確認し終えた結果、後に残ったのは本当に何に使うのかわからないものたちになったということになる。

「でも、よくよく考えてみると、今回のお目当て的には、こちらの方が可能性がありそうなのかな」

実際、用途がわかりやすいものから確認していった結果、予想通りに錬金術関連のものが大半だったわけなのだし。それを考えると、オオカミを守るために役立つものという、ふわっとした目的のものを探すのであればこれくらいカオスなものの中から探すべきだったのかもしれない。

「とはいえ、本当によくわからないものが多いね……」

いや、よくわからないというより、どう役に立つのかわからないと言うべきか。そんなことを考えつつ、近くに置かれていた謎の球体を手に取る。

ちなみに、この謎の球体を鑑定した結果は〝浮遊球〟という魔道具だった。魔力を込めることで浮遊する球体、それがこの魔道具になる。

……いや、これで何をしろと？

物を載せて浮かぶくらいの力があれば、まだ使い道があったのかもしれないけれど、この魔道具に関してはただ本体である球体を浮かせるくらいの力しかない。まあ、紙や布程度の軽いものなら一緒に浮かせることもできるだろうけれど、正直、その程度の力では微妙だと思う。

「……まあ、今はこれの使い道を考えなくてもいいか。必要なのはあの子が森の中で身を守るための何かなわけだし」

そんな風に考えを切り替え、改めて目の前で山となっている色々を切り崩すように確認していく。

けれど、次々に確認していっても、出てくるのは先端が光る棒や数秒間録音できる箱などという微妙なものばかり。今回の目的に対してはもちろん、それ以外でも本気で何の役に立つかわからないものがほとんどだ。

「もしかして、錬金術関係以外はガラクタしかないの？」

ついつい、そうこぼしてしまう程度には本当に何も出てこない。

まあ、光る棒や録音できる箱に関しては使い道がないとは言わないけれど、正直、他で代用できるものだからね。明かりなら光球でいいし、録音に関してはもっと長時間録音できる魔道具が存在していたはずだから。


そうやって、本当に使い道のわからないガラクタなのか何なのかという山を半分くらい攻略したところで、一度作業の手を止める。

既に一時間近く続けているけれど、今のところ役に立ちそうなものは見つかっていない。唯一可能性がありそうなものが、魔力を込めると頑丈になるという布だけなのだから、はっきり言って選択を間違えたかもしれない。

「正直、このまま探し続けても使えるものが見つけられそうにないんだよね。というか、仮に使えそうなものがあったとして、それをそのままあの子が使えるかもわからないし……」

基本的にここに置かれているものは人間が使うことを想定した魔道具か、素材そのものだ。なので、仮に使えそうなものが見つかったとしても、それを加工するなり、工夫してあげるなりで、オオカミが使える形にしてあげる必要がある気がする。

さっき見つけた布にしても、そのまま羽織らせるわけにはいかない以上、頭なり胴体なりを守るような形に加工する必要があると思うし。

「……あれっ？　今探している何かって、実は結構な性能が必要になったりする……？」

布の加工について考えたところで不意に気づいてしまった。実は布の防御力より、オオカミの素の防御力の方が高いのではないかと。

いや、別にあの布を利用するつもりはないのだけれどね。ただ、新しく装備を増やす以上は一定以上の効果が必要になるのではないだろうか。

私の場合、魔法陣のように割と道具ありきで考えていたから抜け落ちていたけれど、オオカミの場合は今探している何かが最悪余計な荷物になりかねないのだから。

「そう考えると、やっぱり今探している何かには相当な性能が必要になりそうだよね」

身に着ける装備だとしても、慣れるまでは動きを阻害することになるだろうし、何らかの道具を持たせた場合は戦闘中に慣れないそれを使用するという動作が必要になってくる。

要するに、そんなデメリット以上のメリットをもたらすものを見つけないといけないわけなのだけれど——。

「……そこまでの性能があるものがここにあるの？」

改めて探し求めているものについて考えてみると、想像以上に要求されるレベルが高い。そのことを自覚した結果、作業の手を止めていたことも相まって、ついつい心が折れてしまいそうになる。

「い、いや、大丈夫。まだ確認できていないものも多いし、可能性なら十分にある、……はず」

そう言い聞かせるように口に出してみるものの、一度自覚したことで今やっている作業に対する徒労感が強くなってしまった。

「……少し休憩することにしましょう」

そうつぶやき、壁に背を預けるようにして座り込む。

正直、今までに容量の違う複数のマジックバッグだったり、前住人が使っていたと思われる性能の高い装備品などを見つけていたこともあって、軽く考え過ぎていたのかもしれない。

そもそも、オオカミの魔物が使うことができる何かという時点で、かなりハードルが高くなっているのだから。

「はぁ……」

ため息をついて天井を見上げる。

そのまま、しばらく天井を眺めながら思案してみるものの、何か素晴らしい代案が思い浮かぶということはなかった。

第52話 見つけたもの

「とりあえず、残った分だけは確認してしまおうかな。それでダメなら、最悪、結界の魔法陣を持っていってもらうという方向で」

結局、何も思いつきそうになかったので、最終的に当初から頭の隅にあった考えを口にして思案を終える。

とはいえ、魔法陣に関しては本当に最後の手段だと思う。

一応、魔法陣に魔力を流せば起動させることができるので、あの子でも使うことはできるはずだ。けれど、大きさだったり効果範囲だったりの改良ができていないせいで、結界が展開される場所が固定されるところが問題になってしまう。

さすがに、魔法陣から少しは離れた場所に展開される形ではあるけれど、基本的に身体(からだ)にくくり付けるような形で持ってもらうことになると考えると、正直、あまり使い勝手がいいとは思えないから。

「魔法陣の改良ができていれば少しは違ったと思うけれどね……。とはいえ、今はできないことを嘆いても仕方ないし、とりあえず目の前の探し物を終わらせますか」

少し考えが逸(そ)れそうになったところで、思考を本来の目的である探し物へと戻して立ち上がる。

そして、その体勢で身体をほぐすために伸びをしたところで後ろの壁に手が触れた。

「えっ？」

瞬間、触れた場所に魔力を吸い取られた。そのことに驚いて触れた場所へと視線を向ける。

そこには、先ほどまでなかったはずの魔法陣が浮かび上がっていた。

「何これ？　さっきまではなかったよね？」

改めて浮かび上がった魔法陣に触れてみると、うっすらと魔力を感じる。ただ、吸われた魔力が少なかったせいか、今のところは浮かび上がった魔法陣が勝手に発動するということはなさそうだけれど。

「描かれている魔法陣は――。うん、よくわからないね」

しばらく魔法陣を観察してからそう結論づける。以前確認した〝便利な魔法陣三十選〟などの資料では見たことがない魔法陣なので、少なくともすぐに調べるのは難しそうだ。

「とりあえず、起動させてみる？　さすがに部屋の中に設置されているものだし、特段危険なものではないと思うけれど」

ふと前世の映画で見た爆発シーンが頭をよぎり、屋敷の自爆装置という可能性を考えてしまうけれど、いくらなんでもそれはないと即座に否定する。この部屋を含め、屋敷の中には色々なものが残されていたとはいえ、さすがに屋敷ごと消滅させなければいけないものはなかったように思うし。

「うん、さすがにこんな場所に危険なものは設置しないでしょ」

そんな風に自分を納得させ、ひとまず魔法陣を起動してみることにした。

魔法陣に手を伸ばして魔力を流した瞬間、壁から何かが外れるような音が聞こえてくる。その音が聞こえた方向に目を向けると、壁の一部が切り取られたように新しく空間ができていた。

「あー、つまりは隠し金庫的な？」

現れた空間を見て納得する。確かにこういう隠れ家的な屋敷であれば、隠し部屋だったり隠し金庫的なものだったりはお約束かもしれない。

そんなことを考えつつ、現れた空間の中を覗き込む。そこには、一つの魔道具らしき物体が置かれていた。


「さて、どうしようかな」

確認のために作業エリアまで戻り、作業机の上に置いた謎の魔道具を見つめてつぶやく。まあ、謎のと言いつつ、既に鑑定済みなので、その正体についてはわかっていたりするけれど。

「とりあえず、問題はどこにつながっているかだよね。空間転移の魔道具らしいけれど、いきなり訳のわからない場所に飛ばされてしまったら困るし」

そう、見つけた魔道具は空間転移の魔道具だった。

ただ、残念なことに鑑定しただけでは転移先についてはわからないし、この魔道具が見つかった場所にも転移先を示すような何かは置かれていなかった。

「せめて、転移先の状況がわかれば試しようもあるのだけれどね……」

見つけた魔道具を手につぶやく。瞬間、脳内にどこかの部屋の中の光景が浮かび上がってきた。

「!?」

驚いて視線を左右に動かす。一瞬、間違えて転移してしまったかと思ったけれど、どうやらそういうわけではなさそうだ。

「もしかして、今のは転移先の光景だったりする?」

そんな風に考え、再び魔道具を手にして転移先のことを考えてみる。すると、魔力を吸い取られる感覚とともに先ほどと同じ光景が脳内へと浮かび上がってきた。

「……とりあえず、見えた光景は転移先のものでよさそうかな。推測だけれど。ただ、だからといって、安易に転移してみるというのもね」

そんなことを口にしてみるけれど、正直、転移してみたいという気持ちが強くなっている。

なぜなら、転移先の光景が整理された室内のように見えたから。加えて、部屋の片隅に装備や魔道具らしきものが見えていたということもある。

「……ま、まあ、転移先の光景が確認できたということは対になっている魔道具も無事だということだろうしね。であれば、さすがに転移するだけ転移して、戻ってこれなくなるということもないはずだし」

自分に言い聞かせるようにそうつぶやき、手に持った魔道具を見つめる。

正直、時間的なこともあって、目の前の雑多なものの山から使えるものを見つけるのは無理だと思い始めている。であれば、転移先の可能性に賭けてみるのも悪くないのかもしれない。あと、単純に私自身が転移先のことについて気になっているというのもある。

「……やっぱり、色々と歯止めがきかなくなっている気がするなぁ。もしかしたら、今の環境にストレスでも感じているのかな？」

最近は割と自給自足の目途も立って生活に余裕が出てきた気がするのだけれどね。いや、だからこそ我慢がきかなくなってきているのかな？

そんなことを考えつつ、手に持った魔道具に魔力を流して転移を発動させた。

第53話　転移先の様子

「うわぁ、本当に転移してきたんだ」

一瞬の暗転の後、気づけば先ほど脳内に浮かんだ部屋の中に立っていた。ざっと周囲を見回してみたけれど、思っていたよりも部屋の中は広くない。

「さっき見た光景はこの魔道具から見えた光景だったのかな？」

後ろに置かれていた棚の上に、先ほどまで手にしていたものと同じ魔道具を見つける。それを見て、先ほどまで持っていたはずの魔道具が手から消えていることに気づいた。

「うーん、失敗したかも。これって多分、向こうに残されたままの魔道具を床に落としちゃっているよね」

まあ、さすがに床に落とした程度で壊れるとは思わないけれど、万が一があると問題なのでもう少し丁寧な扱いを心掛けるべきだったかもしれない。使用した魔道具がその場に残されるということは、少し考えればわかりそうなものなのだから。

とはいえ、やってしまったことは仕方ない。そう気持ちを切り替え、目の前にある魔道具を手に取って向こう側の様子を確認してみる。

すると、床の上からの視界になっているものの、きちんと先ほどまでいた地下の実験室の光景が頭の中に浮かび上がってきた。

「ふぅ、とりあえず、壊れてはいないみたいだね。とはいえ、あまり長居するのもどうかと思うし、今日のところは簡単に確認するだけにして、できるだけ早く戻るべきだろうね」

空間転移の魔道具が壊れていないことにホッとしつつ、この部屋の確認と建物全体の確認のどちらを優先すべきかを考える。

この部屋の中には装備や魔道具らしきものが置かれているので、先にそれらを確認するべきだろうか？　あるいは、建物の中を見て回って、転移してきたこの部屋がどんな建物の中にあるのか、そしてどのような場所にある建物なのかを確認するべきだろうか?

そんなことを考えてみたけれど、まずは周囲の安全を確認するべきだと思い至った。なので、最近の魔法の訓練で向上した魔力操作を活かし、魔法を使ってこの建物とその周辺の確認を行うことに決める。まあ、緊急時に使用するにはまだまだ心許ない練度だけれど、今の状況であれば練習も兼ねてちょうどいい気がするしね。


「……とりあえず、確認できる範囲には何もいないみたいだね」

確認できた周囲の様子から、すぐさま危険な状況に陥るという可能性は低い気がする。なので、手早く確認を済ませていけば、この部屋から順に建物内にある全ての部屋を確認していくくらいのことはできるのではないだろうか。どうやら、そこまで大きな建物でもないみたいだし。

そんな風に考え、すぐに転移できるように手に持ったままだった魔道具を元の場所に戻す。

そして、転移前から気になっていた装備や魔道具らしきものを確認することにした。


「うーん、ここには使えそうなものはないね。まあ、基本的に前に住んでいた人が使っていたものになるだろうし、仕方ないと言えば仕方ないのだろうけれど」

そうつぶやいて、手にしていた指輪型の魔道具を棚へと戻す。

残念ながら、装備や魔道具らしきものが置かれた場所に今回の目的に適いそうなものはなかった。

少なくともこの部屋では目的となるものを見つけるのは難しいみたいだ。

「とりあえず、気になっていた道具類の確認は終わったし、次はこの建物について確認する感じかな？　もしかしたら、その確認をしているときに何か使えそうなものが見つかるかもしれないし」

そう口に出し、念のために改めて周囲の様子を魔法で確認してみる。そうして、周囲に問題がないことが確認できたところで、この建物の内部を確認するために部屋の外へ出てみることにした。

第54話　前住人の秘密

「わかったことは、おそらくこの建物の方を本命の研究拠点として使っていたということかな。どう考えても屋敷にあったものよりも、ここに置かれている道具の方が性能が高そうだし」

建物内を一通り確認し終えたところで、この場所についてそう結論づける。

転移してきた建物は、かつては何かのお店として使われていたようで、一階がお店、二階が住居という造りになっていた。そして、母屋となっているその建物から通路でつながった先に工房となる建物が存在している形だ。

ちなみに、最初に転移してきた部屋は建物の二階にある一室で、今は最後に確認に来た工房の中にいる。

「とりあえず、こっちでも錬金術をメインに研究していたみたいだね」

改めて工房の中へと目を向ける。

この工房で一番に目を惹かれたところは、おそらくは錬金術の作業スペースとなっていたであろう場所。しっかりと整備された水回りに広くとられた作業台、そして横に三つの鍋を並べることができる魔道具化されたコンロが備え付けられている場所だ。正直、ここだけなら前世の料理番組に出てくるキッチンスタジオのようにも見える。

けれど、この場所にある設備はそれだけではない。簡単な鍛冶仕事ができそうな小型の炉があったり、魔物素材の加工に使えそうな道具があったりと、すぐに思いつくような生産用の設備は全てそろっているのではないかと思うような工房になっていたりする。

加えて、工房の隣には素材などを保管するための巨大な倉庫まであったりするし、はっきり言って、店の大きさに不釣り合いなほど、ここの工房の設備は充実している。

「とはいえ、そんな充実した設備より、これが一番ヤバいのではないかと思っているけれど」

そう言って、目の前に置かれた魔道具へと目を向ける。

正直、これを見つけるまでは、単に設備の整った工房で色々な作業をしたかったのだろうと思っていた。けれど、これを見つけたことで、おそらくはこれの存在を隠すために、この工房でひっそりと作業をしていたのではないかと思うようになっている。

「魔法を魔法陣として出力する魔道具。使いようによっては結構な危険物になるだろうからね」

一応、今の時点でも魔法陣というものは、それなりの数が実用化されていたりする。けれど、未だに魔法陣として実用化できていない魔法というものも多い。

というより、この世界の魔法がイメージ次第で何でもできるせいで、決まった効果の魔法陣を組み合わせて魔法を再現するという行為の難易度がとても高くなってしまっているのだ。

にもかかわらず、それがこの魔道具を使えば、どんな魔法でも魔法陣として実用可能な形で出力されてしまう。一応、魔法として発動させられることが条件になっているとはいえ、どのような魔法でも魔法陣として再現することができるというのはかなりのインパクトがあると思う。

残念ながら知識の少ない私だとそこまで活用できないけれど、おそらく魔法陣を研究している人たちのもとに持っていけば相当に研究が進むことになるはずだ。

「実際、屋敷の前住人はこれを使って空間転移の魔道具を作り出していたみたいだしね」

とりあえず、私がこれをヤバいと判断した理由はこれだったりする。現状、存在しないはずの空間転移の魔道具を作り出すための魔法陣が生み出されているのだから。

「というか、この魔道具を使って空間転移の魔法陣が出力されているということは、前住人は空間転移の魔法を自力で使えたということなのよね……」

はっきり言って、これも結構な厄ネタだと思う。仮にも存在しないとされていたはずの空間転移の使い手がいたということになるのだから。いやまあ、前住人が使えることを隠していたということは、実は公にされていないだけでそれなりに使える人がいる可能性もあるのだけれど。

とはいえ、公にその存在が明らかにされていない以上、空間転移を使える人間の存在というのはかなり危険なのだと思う。国に管理されるような状況になるのか、それとも消されてしまうのか。

「まあ、なんにしろ、屋敷の前住人はすごい人だと思っていたけれど、想像以上にヤバそうな人だということがわかった感じかな」

そう言いつつ、もう一つの厄ネタへと目を向ける。

いやまあ、見た目は単なる日記帳なのだけれどね。ただ、書かれている中身が問題なだけで。

「これ、なぜか日本語で書かれているのよね……」

一応、向こうの屋敷でも色々な資料を確認していたけれど、少なくともこれまでに日本語で書かれたものはなかったはず。まあ、生活の中の色々なものに前世の日本を思い出すような道具が存在していたから、これまでにも転生者が存在して色々なものを作り出していたのだろうとは思っていた。

けれど、さすがに前住人が転生者というのは予想外だ。

「やっぱり、日記は読まれたくなかったのかな？　それとも、他に何か理由があったり？」

まあ、日記というより活動日誌というような気もするけれど。

「とりあえず、流し読みした感じでは単なる活動記録に見えるし、そこまでおかしな内容が書かれているとは思えないのよね。わかったことといえば、あの屋敷に移住してきて、その後移住先の周辺が落ち着いた頃に魔の森の攻略に乗り出したこと。そして、その攻略時にこの建物がある場所までたどり着いたということくらい。どうやら、空間転移の魔法が使えたおかげで森の中にセーブポイントを作るような形でどんどんと魔の森の奥深くまで進むことができたみたいね」

……いや、空間転移の魔法が出てきている時点で問題なのか。とはいえ、それに関しては空間転移の魔道具が残されていた時点で今さらな気がするけれど。


「まあ、この日記については時間があるときに詳しく調べてみればいいか。今は当初の予定通り、この場所に関する確認とあの子に使えそうなものを探すことを優先しましょう」

そう言いつつ、場所については、知りたいような知りたくないような、という微妙な心持ちだったりする。どう考えても魔の森の奥深くにある場所だと思うし、このまま知らないままでいたいという気持ちもなくはないから。

「とはいえ、さすがに確認できるのであれば場所についても確認しておくべきだとは思うんだよね。でもまあ、まずは先に気になるものの確認から片付けてしまいますか」

そう決めて、ひとまず場所の確認については後回しにする。そして、先ほどから気になっていた倉庫の入り口から覗く巨大な装備の確認へと向かうことにした。

第55話　従魔用装備

「やっぱり、これって従魔用の装備だよね」

近くで確認した結果、倉庫の中に置かれていた巨大な装備が予想通りに従魔用の装備だとわかった。おそらくはサイズ的な問題で、工房の中ではなく魔物素材などを保管する倉庫の中に置かれていたのだと思う。

「……ただ、これはちょっと使うのが難しいかな」

遠目に確認した限りでは、ちょうどオオカミのような獣タイプの従魔に使う装備のように思えた。実際、間近で確認してそれが正しかったことは確認できたのだけれど、残念なことにサイズが明らかに合っていなかった。

「これがダンジョン産のものなら問題なかったのだけれどね……」

ダンジョン産装備であれば、基本的にサイズ調整機能が付いているので見た目のサイズが違っても装備することができた。けれど、目の前にあるのは魔物素材と魔法金属を使って人の手で作られた装備になる。

　まあ、人の手で作られた装備にサイズ調整機能が付けられている場合もなくはないけれど、これには付けられていない。なので、とても残念だけれど、この装備については諦めるしかないようだ。

「まあ、この装備があるということは、前住人が従魔を連れていたということだと思うしね。であれば、残りを確認していけば何か使えるものが見つかるでしょう」

　正直、期待していただけに残念ではあるけれど、切り替えて次に行くことにする。幸い、この装備が置かれていた周囲には、他にも従魔用と思しき装備やアイテムが置かれているのだから。


「あっ、これは当たりだね」

　周囲に置かれたアイテムを確認していくと、すぐに当たりを見つけることができた。〝守護の首輪〟という従魔の首に付ける魔道具で、装備している従魔が結界を張ったり、自身の治癒を行ったりということができる魔道具らしい。

「というか、隣に置かれているのも使えそうだね。置かれている場所的に、これも従魔が使っていたのかな？」

　そのまま続けて隣のアイテムも確認してみると、そちらは〝魔纏の腕輪〟という魔道具だった。どうやら装備することで手や腕に魔力を纏わせて攻撃や防御に使えるようになるらしい。

　一瞬、この腕輪を装備していれば、先ほどの装備は不要なのでは？　と思ったけれど、実際に使用してみると、思ったよりも魔力を纏える範囲が少なかった。腕まで纏えるという説明だったのに、その範囲が手首と肘の中間くらいまでしかないとなれば、これで防御をまかなうというのは厳しい気がする。

「まあ、防御はさっきの装備を使う感じで、この腕輪は攻撃のために使っていたのかな」

そんな風に勝手に納得し、残りのアイテムの確認へと戻る。

けれど、残念ながら、それ以降の確認では特に使えそうなものを見つけることができなかった。

「どうしようかな？　ひとまず、あの子のための装備は見つけることができたから、今日の目的についてはは達成したことになるのだけれど」

そう言って、倉庫から拝借した二種類のアイテムを見る。ちなみに、〝魔纏の腕輪〟は左右の足に装備していたのか、同じものが二つ置かれていた。

「……まあ、まだ時間もあるし、この建物がある場所くらいは確認して帰ろうかな。このまま確認せずに帰ったら、屋敷に戻ってからずっと気になりそうだし」

そう口に出し、念のために改めて周囲の様子を魔法で確認してみる。今度は建物の外に出ることになるので、先ほどまでのように建物の周囲だけというわけではなく、可能な限り広い範囲の様子を探る。

「……今回も何もなし、か。結構な広さを確認したはずなのに、それはそれで不安になるね」

探索範囲の広さに対し、小動物すら引っかからないというのは少し不安になってしまう。けれど、建物の探索中に窓から見えた光景的に、それもあり得ないことではないと自分を納得させて、建物の外の確認へと向かうことにした。

第56話 周辺の捜索

「？」

お店の入り口になっている扉から建物の外へと足を踏み出したものの、数歩も進まない内になんとなく周囲の空気に妙な違和感を感じるようになった。そのことに不安を抱き、念のために一度建物の中へと戻ることにする。

「……うん、建物の中に入ると妙な違和感はなくなったね」

扉を閉めたところでしばらく様子を窺い、建物内であれば特に違和感を感じないことを確認する。まあ、ついさっきまで特に違和感を感じていなかったのだから、数秒程度の扉の開閉で変化が起きてもらっては困るけれど。

しかし、建物の外で感じた違和感の正体は何なのだろうか？　さすがに毒などではないと思いたいけれど。

とはいえ、ここは魔の森の奥深くになると思われる場所だからね。もしかしたら、空気中の成分が妙なことになっている可能性も否定できない。

「そういえば、魔の森の奥に近づくにつれて魔素がどんどん濃くなると聞いたような……」

魔の森の奥深くというところで、ふとそんなことを思い出す。確か、魔物の溢れで魔の森の奥から出てきた魔物たちは魔素不足を補うために人間を襲うのだとかなんとか。

「ということは、外の空気の違和感は魔素濃度が高いだけ？」

さすがにそれはないだろうと思いつつ、建物の外の魔素濃度を工房にあった魔道具で確認することにした。

「まさか、本当に魔素濃度が高いだけだなんて……」

まあ、本当に魔素濃度だけが原因かはわからないけれど。ただ、魔素濃度と一緒に周囲の空気の成分を確認した限りでは、毒のような害のある成分は検出されなかった。

「……まあ、前住人もこの場所で活動していたみたいだし、そのことを考えれば、本当にこの辺りの魔素濃度が高いだけなのでしょうね」

正直、出鼻をくじかれたことで、この場所がどこかを確認するという決心が弱まってきている。

とはいえ、このまま確認を諦めて屋敷に帰っても、どうせ後になってからこの場所のことが気になるに決まっている。

なので、このまま覚悟を決めて、建物の外へとこの場所についての手がかりを探しに行くことにした。

「……なんというか雰囲気のある光景だね」

覚悟を決めたおかげで、今度は無事に建物がある敷地から出ることができた。で、敷地の門を開いて一歩外に出た瞬間に、そんな感想が口からこぼれていた。

まあ、窓から見えた景色からなんとなく察することができていたけれど、予想通りこの建物がある周囲は廃墟のような状態になっているみたいだ。

「とはいえ、思っていたよりも無事な建物が多いのかな？」

遠目に見える王城らしき建物が明らかに倒壊している様子から、この近くにある建物も似たような状況だと思っていたのだけれど、意外に原形をとどめているものが多い。とはいえ、倒壊している建物がないわけではないし、ほとんどの建物で一部が崩れているという程度の損傷は見られるみたいだけれど。

「……メインの大通りから外れているから無事だったのかな？」

周囲を警戒しながら歩みを進めていくと、大通りに近づくにつれて周囲の建物の被害がひどくなっていることに気づく。というより、大通りに面した建物に関しては、全てが瓦礫の山になっている。

　同じように瓦礫の山と化した王城まで、視界を遮るものが何も残されていないという事実から、かつてこの街に起きた被害の大きさを想像して不安になってしまう。けれど、過去のことだからと言い聞かせ、確認へと向かうために足を動かす。

「昔は、立派な門があったんだろうけれどね……」

　王城を目指す途中、かつては区画を分けるために使われていたであろう門があった場所へとたどり着く。

　もちろん、既に残骸となっているので推測でしかないのだけれど、残骸と思われるそれを手に取って確認してみる限り、材質としては街中の区分けのためだけの門としてはかなり立派なものだったように見える。まあ、他の街を参考に考えるのであれば、平民街と貴族街を分けるものになるのだろうから、それなりのものを使っているのは当たり前だとは思うけれど。とはいえ、それが完全に破壊されているのだから、この街の被害は相当なものだったのだろう。

「というか、ここを越えると、また一段と被害がひどくなっているのね」

　門があった場所の内側へと足を踏み入れ、少し進んだところで周囲の被害状況がまた一段とひどくなっていることに気づく。

　正直、既に辺り一帯が瓦礫の山になっているので、違いも何もないと思うのだけれど、明らかに貴族街に入ってからの方が破壊の被害が大きいように見える。

「……この貴族街の中に魔物が集中したということなのかな？」

この街が壊滅した原因は、前住人の日記によると魔物の溢れによるものだとされていた。なので、魔の森から溢れた魔物たちが一斉にこの街の中心である王城を目指し、この貴族街から溢れるくらいの数が集まったのであれば、この辺りの壊滅具合にも納得できるような気がする。

第57話　国の名前

そんなことを考えてから再び歩き出そうとしたものの、ふと王城まで続く道の長さを見て気づく。王城まで確認に向かうことができるほどの時間があるのだろうかと。

いやまあ、おそらくは王城まで行って帰ってくるだけであれば、どうにか暗くなる前に屋敷へと帰ることができる気がする。けれど、今回の目的はこの場所がどこであるかの確認なのだから、王城にたどり着いてから確認するための時間が取れないというのは本末転倒だと思う。

「そう考えると、王城の確認は諦めるべきなのかな」

まあ、王城跡にはそれとわかるくらいに瓦礫が残っているので、場所を示すための何かが残されている可能性は高いと思う。けれど、その確認のために暗くなってからも行動するというリスクを冒すのは微妙な気がする。

「……無理に確認する必要もないし、今日のところは帰ろうかな。一応、当初の目的は果たしたわけだし」

しばらくその場で立ち止まって思案し、最終的にそういう結論を出す。

正直、王城跡のことや、この場所がどこなのかということも気になるけれど、既にこちらに転移してきてからそれなりの時間が経っている。転移のことはオニキスたちは知らないし、あまり帰るのが遅くなると心配されるかもしれない。

というか、もしかしたらオオカミは勝手に森へと入ってしまうかもしれないし。

「とりあえず、今日のところは帰り道で何か手がかりがないか確認するだけにしましょう」

まあ、ここまで来る道中についてはあまり周囲の確認ができていなかったから、もしかしたら見落とした何かもあるかもしれないしね。

そんなことを考え、引き返すことを決めた。

「ん？　何か埋もれている？」

引き返し始めてからしばらく歩き続け、周囲に比較的被害が少ない建物が増えてきたところで道路脇に何かが埋まっていることに気づいた。

正直、周囲が瓦礫の山ばかりなので、色々なものが埋まっていたりするのだけれど、どうやら見つけたものは何らかの看板のようだ。

「……ディスプレッド王国、ギルド本部」

瓦礫の山から引き抜いたそれには、そんな文言が書かれていた。

「ディスプレッド王国って、確か帝国が全盛の時代に魔物の溢れによって滅びた属国の一つだよね。というか、私の記憶が確かだったら、その国があった場所って、今では魔の森の奥深くに取り残されて、私が住んでいる王国からですら相当な距離がある場所だったと思うのだけれど……」

いやいやいや、どれだけヤバい場所に転移先をつなげているのよ。どう考えても、私みたいな弱者が足を踏み入れていい場所じゃないじゃない。

確かに魔の森の中だろうとは思っていたけれど、もっと常識的な距離の場所だと思っていたのに。というか、屋敷の前住人はよくこんな場所までたどり着けたよね。空間転移の魔法が使えたことで魔の森の探索が有利だったとはいえ、魔の森の深層にいる魔物相手に戦えるだけの実力が必要だったはずなのに。

いやまあ、転移先の建物に残されていた装備やアイテムを見るに、それだけの実力はあっても不思議ではないけれど。

「……まあ、今はそんなことはどうでもいいか。この場所が想像以上にヤバい場所である可能性がわかったし、さっさと屋敷に帰りましょう」

そう結論を出し、転移先の建物へと急いで戻ることにした。

第58話　魔物の争い

「!?」

ギルドの跡地を後にし、大通りを急いで戻っていると、前方から大きな音が聞こえてきた。ついでに、障害物のない開けた視界には、前方の森で大量の木がなぎ倒され、土煙が上がっている様子が見える。

「えぇぇ……」

正直、またかという思いが強い。つい先日もオオカミとクマの魔物の戦いに遭遇したばかりだというのに、再び何者かが争うような場面に遭遇してしまうとは。

いやまあ、だったら魔の森の中の危険地帯に入り込むなという話ではあるのだけれど、さすがに今回はノーカンだと思いたい。空間転移の魔道具の転移先を確認せずに放っておくことはできなかったのだから。

「まあ、幸い距離はあるみたいだし、急いで屋敷に戻れば大丈夫かな」

遠目に見る限りでは、街の外壁があった場所よりも外の離れた森で争っているように見える。なので、そうそう巻き込まれるような事態にはならないはずだ。そんな風に考えつつ、移動する足を速めていった。


「とりあえず、無事に着くことができたね」

移動するに従って徐々に近くなっているように感じる戦闘音に緊張しつつ、どうにか無事に巻き込まれることなく転移先の建物へとたどり着くことができた。

で、安全な場所から落ち着いて確認できるようになったことで、戦闘現場との距離がはっきりと把握できるようになり、思ったよりも距離があることがわかる。

「……まあ、少しだけなら、ね」

なので、調子に乗ってそんなことを考えてしまった。


せっかくだからと魔物同士の戦いを確認することに決めたものの、地上からではさすがに戦闘の様子を窺うことはできなかった。なので、建物の屋根から戦闘の様子を確認することにする。

「戦っているのは、ヘビと——オーク？　いや、オーガかな」

ヘビの魔物に関しては、その巨体が時おり木々の間から覗いていたけれど、その相手となるオーガについては上から確認するまでわからなかった。

「うわぁ、蹂躙(じゅうりん)って感じだね」

明らかにサイズがおかしいヘビの魔物に対し、オーガの数は数十はいるように見える。そのオーガにしても比較対象がおかしいだけで、周囲の木々からサイズを推測するとかなりの体格を持っているはずだ。けれど、そのオーガたちがヘビの攻撃によって次々に吹っ飛ばされている。一応、オーガたちも数を活かして攻撃を仕掛けているけれど、どうやらあのヘビに対してはほとんど効果がないらしい。

「オーガも普通に強い魔物だったはずだし、あのヘビの魔物はどれだけ強いのって感じだよね……」

とりあえず、この周囲の森の中には足を踏み入れない方がいいことはわかった。屋敷に引きこもり始めたときにクマの魔物の強さを調べたけれど、そのときの記憶に間違いがなければ、あのクマの魔物よりオーガの方が強かったはずだし。にもかかわらず、あれだけの数をそろえているオーガが蹂躙される側になっているというのは恐怖でしかない。

「ただまあ、魔物同士が争っているということは、ここは溢れの影響範囲ではないということだとは思うけれど」

基本的に溢れが起きるときは魔物の思考は森の外へと向けられると言われている。ついでに、魔物同士の統率も取られるようになって、強い個体が弱い個体たちを率いる形になるらしい。

なので、目の前で繰り広げられている光景が、こちらで把握できていない溢れ前の格付け争いとかでない限り、この場所は溢れの影響が及んでいない場所だと判断できるはず。まあ、そもそもこの周辺が溢れの影響下にあるのであれば、廃墟となっている街の中にも相当数の魔物が入り込んでいそうだしね。

「あー、終わったみたいだね」

そんなことを考えている間に、森の中での争いが終わっていた。

結果は、順当にヘビの魔物の勝ち。オーガたちは半数を切ったところで散り散りになって逃走を始めたらしい。今は、戦いに勝利したヘビの魔物が周囲に倒れているオーガたちを捕食しようとしている。

「……まあ、とりあえず帰りましょうか」

魔物の捕食シーンを眺める趣味などないので、観察を切り上げて屋敷へと帰ることを決める。

けれど、そうやって視線を切り、建物の屋根から下りようとした瞬間、争いが起きていた方向からまぶしい光を感じ、直後にすさまじい轟音(ごうおん)が聞こえてきた。

「!?」

光が見えた瞬間、視界の隅に捉えたのは先ほどのヘビが落雷を受けたところだった。アニメやマンガの一シーンみたいにヘビの身体が黒焦げになっていたけれど、ダメージを嫌がるように身体を振るわせた瞬間、黒焦げになった皮が剝がれ落ち、きれいな新しい皮が姿を見せる。

けれど、その直後に再び、ヘビの身体を雷が襲った。それも、今度は二度、三度と立て続けに。

「トリの魔物!?」

さすがに意図的にヘビを狙うように雷が落ちている以上、何者かの魔法だろうと疑っていたけれど、どうやら上空から現れたトリの魔物による攻撃だったらしい。これまた縮尺のおかしなサイズのトリの魔物がヘビの上空に姿を見せている。


そこからの戦いは、先ほどまでの戦いとは逆にヘビの魔物がほぼ一方的に蹂躙される展開となった。

空という圧倒的に有利な場所に位置どったトリの魔物が、雷の魔法や風の魔法でヘビに休む暇を与えることなく攻撃を加えていく。それに対し、ヘビも毒液を吐いたり、水の魔法で反撃したりしているけれど、そのほとんどがトリにかわされてしまってあまりダメージを与えられていない。

その結果、再生能力による圧倒的なタフさがあるはずのヘビも次第に弱りはじめ、ついにはトリの風魔法によって首を切り飛ばされてしまった。


「うわぁ……」

その光景に思わず声を失う。

先ほどまではオーガを相手に圧倒的な強者としての姿を見せていたヘビの魔物が、わずかな時間で今度は一方的に狩られる立場に変わってしまった。そのあまりにあんまりな様子に、正直どう反応すればいいのかわからない。

「っ!?」

そんな風に呆然(ぼうぜん)としていると、不意にトリの魔物と目が合ってしまった。

瞬間、その圧倒的な威圧感に身動きが取れなくなる。

「……」

トリの魔物と見つめ合うような形のまま時間が流れる。

かなりの時間、あるいは数秒にも満たない短い時間だったかもしれないけれど、その状態が続いた後、唐突にトリの魔物が興味をなくしたように視線を外し、木々の中に倒れたままになっているヘビの魔物へと向かっていく。

その動きを見た瞬間、私は建物の屋根から飛び降り、屋敷へと逃げ帰るために建物の中へと駆け込んでいた。

第59話　帰還と考察

「はぁっ、はぁっ……」

転移してきた建物の中へと飛び込んだ後、急いで魔道具のもとへと向かって転移を実行した。そして、無事に屋敷へと戻れた安心感とともに、気づけば床へと座り込んでいた。

「……いや、アレは無理でしょ」

正直、まだトリの魔物と目が合ったときの恐怖だったり、そのときに流した冷や汗の感覚だったりが残っている。けれど、とりあえず、先ほどまでのことを考えられる程度には回復したので、どうにか絞り出した言葉とともに振り返ってみる。

「というか、ヘビの魔物ですら無理な気がしていたのに、そのヘビすらあっさりと狩ってしまうトリの魔物とかどうしろっていうのよ……」

一応、ヘビの魔物であれば、まだ討伐可能なレベルではあったと思う。私にできるかどうかはともかく。

ただ、あのトリの魔物に関しては、そもそも逃げるしかないのではないだろうか。

もしかしたら、王族レベルの魔力があればどうにかなるのかもしれないけれど、空という優位をとった上であれだけの魔法を連発してくる存在に人間がどうこうできるイメージが湧かない。トリの魔物もヘビの魔物の魔法攻撃をかわしていたけれど、直撃を避けていただけで、いくつかの魔法は喰らっていた。けれど、そんな数発の魔法程度ではびくともしないくらいのタフさを、あのトリの魔物は兼ね備えていたのだから。

「前住人はよくもまあ、あんな危険な場所で活動しようなんて考えたよね。私だったら、間違いなく安全なこの屋敷で活動することを選ぶよ」

まあ、向こうで活動することのメリットもわからないではない。

向こうの建物に用意されていた設備はこの屋敷の設備よりも性能が高いし、魔の森で得られる素材も相応に品質が高くなっているはずだから。

ただ、そのメリットが向こうで活動する危険に対して釣り合っているかは非常に疑問だけれども。

「まあ、前住人は転生者だったみたいだし、もしかしたらこの屋敷ではない場所で隠れて研究したい何かがあったのかもしれないけれどね」

正確には転生者または転移者ということになると思うけれど。

まあ、どちらでも大差はないか。問題はそんな前住人が、あれほどの危険を冒してまで向こうの建物で何をやっていたかということだと思うし。

というより、状況から察するに、前住人は周囲には秘密にして研究なりなんなりを進めていたような気がする。

この世界での転生者や転移者の立場というのがよくわかっていないけれど、領都で暮らしていた頃から生活の端々に転生者や転移者の存在を感じてはいた。なので、転生者である私のことも最悪バレても問題ないと考えていたのだけれど、もしかしたらあまりバレない方が良いのかもしれない。

まあ、そもそも面倒ごとにつながりそうだから、できる限り隠す方向で行こうと考えてはいたけれど、前住人の行動を見るに本気で隠す方向に考えを改めるべきなのかもしれない。

「まあ、前住人のことだったり、転生者周りのことだったりというのは、追々考えていきましょうか」

少し考え込みそうになったところで、頭を振って思考を切り替える。とりあえず、向こうへの転移はいつでもできるのだから、もう少し落ち着いた頃に改めて考えていけばいいだろうし。

そう考え、近くの床に落ちたままとなっていた空間転移の魔道具を手に取る。瞬間、手に持った魔道具からイヤな音が聞こえてきた。

「えっ？」

その音に驚き、手にした魔道具へと目を向ける。すると、魔道具の核と思しき魔石に大きなヒビが入っていた。

「……どうしよう？」

ヒビが入ってしまった魔道具を前に頭を抱える。

もしかしたらと思い、転移先の光景を確認しようとしてみたけれど、残念ながら魔道具は使えなくなっているようで、頭の中に転移先の光景が浮かび上がってくることはなかった。

「ええ、なんで？　転移したときに床に落としたから？　それとも経年劣化？」

改めてヒビが入った核を確認してみるものの、その原因はわからない。さすがに床に落とした程度で壊れるとは思えないけれど、経年劣化だと考えるのもどうかと思う。経年劣化で壊れかけのものが、きっちり一往復だけ使えたというのも都合が良過ぎる気がするから。

そう考えると、一度きりの使い捨てだった可能性もあるのかな？　正直、そんな制限を付ける理由が思いつかないけれど。


「……でもまあ、もともと存在しなかったと思えば、そこまで気にすることもないのかな？　一応、今回の目的であったオオカミのための装備は持ってくることができたのだし」

しばらく壊れた魔道具について悩んでいたものの、最終的にそういう風に考えることにして、机の上に置かれたオオカミ用の装備へと目を向ける。

とはいえ、可能なら、この二つ以外にも向こうに残されていた全身装備のようなものをもう少し探してみたかった。あの装備から推測するに、前住人もオオカミかそれに似た従魔を連れていたように思えるし。

「それに、従魔に関する色々なことも参考にしたかったのだけれどね」

一応、オオカミたちについては保護しているだけではあるけれど、従魔としてはオニキスがいるし、そのあたりの情報についても知ることができればと思っていた。

ただ、そういった諸々は今回の状況だと後回しにする形にせざるを得なかったし、あの時点では追々確認していけばいいと思っていたからね。

「うん、思い悩んでいても仕方ないし、切り替えましょうっ！　空間転移の魔道具なんてなかった!!」

うだうだと悩みそうになる思考を切り上げ、ごまかすように勢いよく声に出す。

まあ、実際にはしばらく引きずるだろうし、完全に気にしないことは無理だと思うけれど、とりあえず今は目の前のことを考えることにする。未だに外では魔物の溢れが続いているはずだし、色々と気になることは溢れが落ち着いてからでいいと思うから。

というより、将来的なことを考えれば、いくらでも自由な時間はできるだろうから、その時間を使ってじっくりと調べていけばいいと思うしね。

最終的にそんな結論を出し、回収してきた装備を手に、屋敷の外で待っているであろうオオカミのもとへと向かう。

思い返してみると、唐突な放置宣言から始まった今の暮らしではあるけれど、なんだかんだでそれなりに楽しめている私がいる気がする。

この屋敷で生活を始めた当初こそ、不安も多く、色々と足りないものが多かったけれど、今では生活環境もある程度は安定してきた。それを考えると、今後は自由になる時間がさらに増えるはずだし、ますます日々を楽しむことができるのではないだろうか。

オオカミたちはどうなるかわからないけれど、オニキスは一緒に暮らす家族としてこれからもともにいてくれるはずだし、最初に考えていた気ままに暮らすという目標も手が届くところにまで来ているのかもしれない。

まあ、その気ままな暮らしのためにも、まずは目の前の溢れを無事にやり過ごさないといけないけれどね。

忘れられ令嬢は
Wasurerare Reijou ha Kimamani Kurashitai
気ままに暮らしたい

忘れられ令嬢は気ままに暮らしたい 1

2024年10月25日　初版発行
2024年11月25日　再版発行

著者　はぐれうさぎ
発行者　山下直久
発行　株式会社KADOKAWA
〒102-8177　東京都千代田区富士見2-13-3
0570-002-301（ナビダイヤル）
印刷　株式会社KADOKAWA
製本　株式会社KADOKAWA

ISBN 978-4-04-684022-6 C0093　　Printed in JAPAN

担当編集　並木勇樹
ブックデザイン　鈴木 勉（BELL'S GRAPHICS）
デザインフォーマット　AFTERGLOW
イラスト　potg

本書は、カクヨムに掲載された「忘れられ令嬢は気ままに暮らしたい」を加筆修正したものです。
この作品はフィクションです。実在の人物・団体・事件・地名・名称等とは一切関係ありません。

ファンレター、作品のご感想をお待ちしています

宛先
〒102-8177　東京都千代田区富士見2-13-3
株式会社 KADOKAWA　MFブックス編集部気付
「はぐれうさぎ先生」係「potg 先生」係

二次元コードまたはURLをご利用の上
右記のパスワードを入力してアンケートにご協力ください。

https://kdq.jp/mfb

パスワード
renxj

● PC・スマートフォンにも対応しております（一部対応していない機種もございます）。
●アンケートにご協力頂きますと、作者書き下ろしの「こぼれ話」が WEB で読めます。
●サイトにアクセスする際や、登録・メール送信時にかかる通信費はご負担ください。
● 2024 年 10 月時点の情報です。やむを得ない事情により公開を中断・終了する場合があります。

盾の勇者の成り上がり
アネコユサギ
イラスト：弥南せいら

無職転生
異世界行ったら本気だす
理不尽な孫の手
イラスト：シロタカ
MFブックス 毎月25日発売

八男って、それはないでしょう!
Y.A
イラスト：藤ちょこ

魔導具師ダリヤはうつむかない
～今日から自由な職人ライフ～
甘岸久弥　イラスト:駒田ハチ　キャラクター原案：景
MFブックス　毎月25日発売

追い求めるは、
スローライフ!
やってくるは、
厄介事!?